Et si je vous offrais des coups de pelle pour Noël ?

Comédie policière

DU MÊME AUTEUR

POLARS HUMORISTIQUES – COSY CRIME

◆ **LES ENQUÊTES DE CHLOÉ**
1. *Et si je vous offrais des coups de pelle pour Noël ?*, 2020.
2. *Et si je jonglais avec votre tête pour Halloween ?*, 2021.
3. *Et si je vous jetais aux requins pour les vacances ?*, 2022.

POLARS HISTORIQUES

◆ **LES ENQUÊTES DES COUSINS CLIFFORD**
1. *Premières armes*, 2017.
2. *Près du tsar, près de la mort*, 2017.
3. *Voir Venise et mourir*, 2018.
4. *La dame en rouge*, 2018.
5. *L'homme en vert*, 2020.
6. *L'enfant en bleu*, 2021.

◆ **WORTHINGTON & SPENCER, DÉTECTIVES PRIVÉS**
1. *Sombres secrets*, 2018 (traduction anglaise : *Dark secrets*, 2019).
2. *Esprits tueurs*, 2019.
3. *Exquises miniatures*, 2020.
4. *Furieuse nature*, 2023.

FANTAISIE HISTORIQUE (GASLAMP FANTASY)

◆ **UNE PLUME ET DES CROCS**
1. *La nuit des loups*, 2022.
2. *L'ivresse du sang*, à paraître.

LIVRES POUR ENFANTS

◆ **LES AVENTURES DE LOUIS CLIFFORD**
1. *Le mystère de Noël*, 2018.

ROMANS HORS-SÉRIES

La vie dont tu rêvais enfant, roman feel-good, 2019.

OUVRAGES HISTORIQUES

Les droits de la reine. La guerre juridique de Dévolution 1661-1674), 2018.

Et si je vous offrais des coups de pelle pour Noël ?

Delphine Montariol

Comédie policière

*À la mémoire de mon oncle Denis,
un homme bienveillant, qui aurait
bien ri à l'idée que cette histoire lui soit
dédiée.*

*À ma tante Nicole, en te souhaitant
une belle vie, malgré tout, et en
espérant que cette histoire te fera rire
un peu !*

*Et à tous ceux qui ont traversé
l'année 2020 avec courage, grâce et
humour.
Le monde a besoin de plus de
personnes comme vous !*

Chapitre 1.

Comment ça « passer Noël dans ta famille » ?

Lundi 10 décembre – Temps pourri. Journée pourrie.

Il pleut. Je suis coincée dans les embouteillages, au volant de ma Twingo jaune, en la charmante compagnie de mes deux adorables enfants : Philippe, cinq ans, aussi blond que son papa, et Clotilde, deux ans, aussi châtain que sa maman. Donc, si votre cerveau fonctionne encore, vous pouvez en déduire que je suis châtain. De toute façon, on s'en fiche. À cet instant très spécial de ma vie, il vaudrait mieux pour moi - et les autres - que je sois chauve et bouddhiste ! Il me faudrait au moins cela pour supporter l'effroyable nouvelle que mon cher mari Pierre-Marie - oui, ça rime, je ne l'ai pas fait exprès - vient de m'annoncer, alors que je suis coincée dans une voiture, sous la pluie, dans les embouteillages, avec deux gamins qui hurlent. À savoir que nous aurons l'honneur et l'avantage - une fois de plus - de passer Noël en compagnie de son horrible / horripilante / détestable famille ! Gardez le qualificatif qui vous plaît... Non, en fait, gardez-les tous !

— Et ça ne t'est pas venu à l'idée de me demander mon avis ? grogné-je dans mon téléphone.

Oui, je téléphone dans un embouteillage où je ne bouge pas d'un millimètre. Je crois qu'on aurait plutôt tendance à reculer d'ailleurs !

— Maman, pipi !

Merci Phiphi pour ta participation active à l'Apocalypse !

— Il faut que tu te retiennes, mon chéri.

— Je peux pas ! s'indigne-t-il à quelques centimètres de mon oreille.

Je me retourne et constate qu'il s'est détaché de son siège-auto, inspirant du même coup des envies de liberté à sa sœur.

— Cloclo, tu restes attachée ! Philippe, tu te rassieds, nous sommes presque arrivés.

Philippe repart dans son siège-auto en bougonnant[1] et rattache les sécurités comme un professionnel... Il va falloir que je trouve un autre système pour qu'il reste dans son siège. Une cage peut-être ?

— Qu'est-ce qu'il se passe ? demande avec autorité mon époux, tranquillement installé dans son bureau, loin des tracas du quotidien.

— À ton avis ? beuglé-je dans son oreille.

Un blanc. Soit Pierre-Marie n'a aucune idée de ce qu'est la vie avec des enfants - ce qui serait gênant puisqu'il en a au moins deux à ma connaissance -, soit il s'aperçoit - mais un peu tard - qu'il aurait mieux fait de se taire !

Je suis sur le point de lui vriller le tympan dans le

---

[1] Les chats ne font pas des chiens !

sens inverse des aiguilles d'une montre[2], quand un miracle se produit : la voiture devant moi avance ! Alléluia ! C'est beau, c'est émouvant, mais c'est court !

Retour à la station statique. Quand je vous dis que je peux téléphoner sans encombre ! J'en étais où ? Ah oui, vriller le tympan de mon mari[3] !

— Pourquoi as-tu accepté sans me concerter ? braillé-je sans sommation. Il me semble que j'ai mon mot à dire !

Je vois d'ici mon mari se redresser, piqué dans son orgueil patriarcal. Nul ne portera atteinte à la sacro-sainte réunion de Noël des Martin du Desclin ! Oui, je sais. La première fois, j'avais aussi compris « Du Guesclin », mais c'est « Martin du Desclin » ! Ce n'est pas la même ambiance et, en même temps, ça leur va si bien !

— Et que veux-tu faire d'autre, je te prie ? dit-il avec son insupportable voix pincée.

— Peut-être partir pour une fois dans MA famille ! bramé-je au plus près du micro.

Certes, mes parents sont des gens simples et gentils - ce qui est passé de mode - ; re-certes, nous irons les voir pour le Nouvel An - comme tous les ans -, mais nous passerions des fêtes de Noël infiniment plus reposante en leur compagnie ! J'en ai marre de cette lignée de dégénérés, plus méchants les uns que les autres[4] !

— Je veux passer Noël dans ma famille ! explosé-je.

Aïe, cette fois-ci, j'ai crié un peu trop fort... Cloclo a

---

[2] On s'en fiche que cela ne veuille rien dire ! Vous voyez l'image, c'est le plus important !

[3] Dans le sens inverse des aiguilles d'une montre, je sais !

[4] Oui, je sais, nous sommes loin du politiquement correct... En même temps, on est dans ma tête et je pense ce que je veux !

sursauté à l'arrière et...

— Ouainnnnnnnnnnn !!!!!!!!

Ma nuque lâche sous la tension et je me retrouve à regarder le plafond de la voiture... Tiens, il n'est pas jaune... On aurait pu croire qu'une Twingo jaune serait jaune jusqu'au bout... Je suis déçue...

— Qu'est-ce qu'il se passe ? réitère le bougre qui me sert d'époux.

Ma nuque reprend quelque force et je me cramponne au volant, en soufflant.

Songe à une montagne, Chloé... Une belle montagne forte, inébranlable sur laquelle les émotions ne font que passer... Tu es comme la montagne, Chloé, les émotions passent sur toi, sans modifier ta nature profonde...[5] Inspire, expire, inspire, expire...

— Excuse-moi, ma chérie, dis-je doucement. Maman a crié, mais ce n'est pas contre toi.

Les pleurs se calment un peu, ce qui me permet d'avoir une autre information : Phiphi chougne... Oh, pitié, ne me dites pas...[6]

— Phiphi ? osé-je.

— J'ai pas fait exprès... répond mon chouchou blondinet en se tortillant sur son siège.

— C'est pas grave, mon chéri, on nettoiera en arrivant.

Il a sursauté et fait pipi dans sa culotte... Punaise, ça ne s'arrête jamais ! Le téléphone grésille de nouveau.

— Réponds-moi, Chloé ! Qu'est-ce qu'il se passe ? s'indigne celui qui rentrera tard ce soir en disant : « Je suis crevé ! ».

— Je ne veux pas aller dans ta famille cette année.

----

[5] Oui, je médite ! Et ça marche très bien tant qu'il n'y a pas des casse-pieds qui viennent pourrir mon calme intérieur !

[6] La montagne, Chloé ! Focus sur la montagne !

Point final !

Je suis calme et déterminée. J'en ai assez d'être le bouc émissaire - ou la chèvre émissaire, comme vous voulez - de ces snobs, qui me considèrent comme une pauvre imbécile. « Une artiste », comme ils disent, avec tout le mépris dont ils sont capables... et ce n'est pas peu dire...

— Je suis désolée, Chloé, annonce-t-il du ton solennel du bourreau. Nous ne pouvons pas faire autrement cette année. On en parle ce soir.

Et il raccroche... Ouah... Là, il va vraiment falloir qu'il ait un bon argument[7]. Je mets mon clignotant et je peux enfin rejoindre le chemin qui me mènera à la maison... et à la corvée de lessive, au goûter, puis au dîner et, enfin, pour conclure en beauté, à la passe d'armes que je vais avoir avec Pierre-Marie au sujet de Noël ! La journée est loin d'être terminée.

† ☠ †

— Je t'assure, chérie, que je ne peux pas faire autrement, plaide Pierre-Marie.

Je boude gravement, les bras croisés sur la poitrine, assise sur notre lit.

— Dis-moi pourquoi !

Je veux une raison valable, ce n'est pas compliqué quand même !

— J'ai promis, répète-t-il.

Ce n'est pas une raison valable !!! En fin négociateur, Pierre-Marie sait quand lâcher du lest.

— Je te promets que nous irons dans ta famille les trois prochaines années, dit-il en saisissant mes mains

---

[7] En fait, il n'y a pas d'argument recevable selon moi, mais je peux toujours l'observer pendant qu'il s'enlise !

dans les siennes et en me glissant son regard par en dessous auquel je ne résiste jamais.

Je me renfrogne. Ce n'est pas juste ! Les Martin du Desclin ont décidé que nous passerions Noël chez eux chaque année, sans se préoccuper de savoir si je pouvais avoir envie de retrouver ma famille ! Je déteste ces gens ! Ça fait quinze ans que ça dure ! Quinze ans, vous vous rendez compte ?

— Une année contre les trois prochaines, c'est un bon accord, non ? insiste Pierre-Marie.

— Ça fait quinze ans qu'on passe Noël dans TA famille[8]. Ce n'est pas un bon accord !

Je dégage mes mains des siennes. Il se redresse, ennuyé. Il croyait vraiment que ça allait marcher... Il passe sa main au travers de ses cheveux courts et blonds. Il est craquant quand même... Non, Chloé, la montagne ! Focus ! Pas bon accord !

— Qu'est-ce que tu veux ? J'ai promis, je ne peux pas faire autrement.

— Je veux un chien !

Il manque s'étrangler de stupeur. Comment osé-je aborder LE sujet tabou ?

— Non ! On ira dans ta famille les cinq prochaines années !

Je réfléchis. C'est un bon accord. Sûrement la meilleure proposition de la journée. Je le sais, il le sait, nous le savons.

— Disons les quatre prochaines... glisse-t-il par pur calcul.

— Non, tu as dit les cinq prochaines, ce sera les cinq

---

8 Ah, oui, j'ai oublié de vous dire. Comme mes parents ne sont pas croyants, il a été décidé par les Martin du Desclin - en mon absence et sans me concerter - que nous passerions tous les Noëls chez eux et tous les jours de l'An dans ma famille... Trop aimable !

prochaines !

— D'accord, chérie.

J'ai gagné sur le papier, mais j'ai l'étrange impression de m'être fait avoir... Qu'est-ce qu'il me cache ? Pourquoi devons-nous absolument aller dans sa famille cette année ? Qu'y a-t-il de si particulier ? Je l'ignore pour l'instant, mais j'espère que je ne regretterai pas ce moment de faiblesse pour le restant de mes jours...[9]

† ☠ †

---

[9] Vous trouvez que ça fait mélodramatique ? Attendez de voir la famille Adams ! La méchante famille Adams, pas la gentille !

Chapitre 2.

La famille Adams... en pire...

Samedi 23 décembre – Temps pourri. Voyage pourri.

Dix heures... Dix heures de route pour rejoindre le manoir Adams. Si je sors saine d'esprit de ce voyage, je promets de devenir un meilleur être humain[10].

Comment résumer au mieux la situation. D'abord, je n'ai réussi à obtenir aucune autre explication - de la part de mon charmant époux - depuis le 10 décembre[11]. Il nous entraîne donc à sa suite dans cette charmante expédition vers l'autre côté de la France, sinon ce ne serait pas drôle ! Ensuite, comme de bien entendu, un voyage de dix heures avec deux enfants en bas âge se passe toujours dans le plus grand calme et une paix intérieure proche du Nirvana[12]. Je vous passe les

---

[10] Si, c'est possible !

[11] Jour funeste où il a affirmé qu'il ne pouvait pas faire autrement que de rejoindre sa famille pour Noël...

[12] Là, je vous avouerai que la méditation de la montagne ne suffit plus. Il faut passer à quelque chose de beaucoup plus fort : rhum, whisky, vodka... Peu importe...

vomis, les pipis, les popos, la bave, la morve et le reste, mis à part les poux, nous avons eu droit à tout. Enfin, pour couronner cette journée mémorable, à moins de trois heures de route de notre objectif final, qui devait être de prime abord le manoir Adams en chef, Pierre-Marie a reçu un appel téléphonique de sa sœur aînée - la perfection incarnée selon les critères très exclusifs de ma belle-famille - pour lui annoncer un changement d'itinéraire de dernière minute : la grand-messe familiale se passera chez elle cette année ! Joie et félicité ! Peste et malédiction ! Je le sens de moins en moins ce petit séjour familial...

Pourquoi cette modification d'itinéraire de dernière minute ? D'abord, parce que si j'avais su que j'allais chez Madame Perfection, je ne serais pas venue. Ensuite, parce qu'Yvonne, ma belle-mère, aurait déclaré en début de mois qu'elle était fatiguée de recevoir tout le monde, tous les ans, depuis des années et qu'elle voulait que quelqu'un prenne le relais. Soit. Deux choses : 1) Pour ma part, je me serais bien passée d'envahir son territoire si régulièrement. 2) Je me serais encore davantage passée de me retrouver si près de la magnificence de sa fille aînée, l'incroyable, la superbe, la si intelligente et si admirable Louise-Marie... Rien que d'y penser, j'en ai la chair de poule !

Je me rends compte que je manque à tous mes devoirs ! J'ai omis de vous présenter les honorables membres de la famille Martin du Desclin. À tout seigneur, tout honneur, commençons par mon mari. Pierre-Marie est le prototype du fantasme des belles-mères. Grand, blond, yeux marron, athlétique, ingénieur, il est parfait... sauf si, comme moi, vous considérez qu'être têtu comme une vieille bourrique arthritique[13] est un défaut majeur. En dehors de ce souci d'entêtement maladif, Pierre-Marie est plutôt un compagnon agréable... hors les périodes où nous nous retrouvons coincés dans sa famille. À ce moment-là, vous obtenez la même réaction que si vous nourrissez Gizmo le mogwaï après minuit ! La transformation en Gremlins est inévitable ! Pierre-Marie est le seul fils de cette étrange famille, par conséquent il a toujours été le chouchou de tout le monde. C'est pourquoi je ne suis jamais, mais jamais, enthousiaste à l'idée de rejoindre le nid (de vipères) familial, car il faut plusieurs semaines à mon époux pour redevenir agréable à l'issue du moindre séjour dans ses terres ancestrales. Et c'est ainsi depuis quinze ans...[14]

Ensuite, il me faut bien aborder la question de mon beau-père et de ma belle-mère. J'ai toujours été considérée par ce duo - absolument pas comique - comme une erreur grossière de jugement de leur fils[15]. À leur grand désarroi, je ne suis ni assez blonde, ni assez filiforme, ni assez diplômée, ni assez riche, ni assez tout, pour mériter ne serait-ce qu'un minimum de politesse de leur part. Je suis pourtant leur belle-fille depuis près de treize ans[16], mais c'est à peine

---

[13] Si, elles sont pires que les autres, elles bougent encore moins !

[14] Vous m'accorderez une certaine patience à subir ce genre de conn... depuis si longtemps... Pense à la montagne, Chloé...

[15] Probablement la seule unique de toute sa vie, mais alors celle-là, elle est formidable. Moi comme belle-fille, c'est comme faire entrer un cochon dans une famille de purs-sangs... Grassouillet, le cochon...

[16] Et cela fait près de quinze ans que Pierre-Marie m'a présentée à ses charmants parents... Je n'aborde même pas la question de la cérémonie de mariage où son adorable mère a pleuré toutes les larmes de son corps... C'est un souvenir –

s'ils se souviennent de mon prénom. J'ai longtemps été « Machine »... mais il semblerait que le prénom « Chloé » ait été intégré dans leur vocabulaire depuis peu. Vous voulez plus de détails sur les deux ? Soit, c'est vous qui l'aurez voulu ! Mon beau-père, Louis, n'a jamais essayé d'arrondir les angles avec moi... ni avec qui que ce soit, si je dois être objective... Il a toujours considéré que j'étais une sorte de paillasson vivant sur lequel il pouvait s'essuyer les pieds sans vergogne. Seule étincelle lumineuse au cœur de cette nuit noire, Louis ne me cassera pas les pieds cette année et, pour cause, ce brave homme a soudain choisi de quitter cette bonne vieille Terre pour un monde meilleur. Sage décision ![17] C'est l'unique espoir que j'ai, en rejoignant mon lieu de villégiature-torture pour une semaine. Néanmoins, d'une façon insistante et fort déplaisante, une petite voix intérieure me susurre à intervalles réguliers : « Il reste encore Yvonne »... Oh ! Mon ! Dieu !

Yvonne... Que dire d'Yvonne ? Grande, sèche, un chignon gris sur la nuque, un nez crochu, des mains maigres pleines de bagues, ma belle-mère a l'impression d'être la quintessence de la perfection, alors qu'à mes yeux, elle n'est qu'une horrible bonne femme aigre et méchante. Les opinions sont partagées comme vous pouvez le voir ! Yvonne cache sa froideur derrière une prétendue politesse de bon ton et ne se laisse jamais... mais jamais... aller à un mouvement de tendresse envers quiconque, y compris ses enfants... Alors, vous pensez, sa belle-fille... Sa belle-fille

---

comment puis-je le qualifier - unique... Du moins, je l'espère pour les autres...

[17] Je vous l'ai déjà dit, je me fiche du politiquement correct, on est dans ma tête !

(surprise d'Yvonne) ? Ah oui, c'est vrai, sa belle-fille (grimace de dégoût sur son visage). Vous pensez que j'exagère ? Fort bien, je vais vous donner un exemple. Vous vous ferez votre opinion... L'année dernière, pour Noël, nous étions invités, comme tous les ans, à partager la réunion des Martin du Desclin et, comme tous les ans, nul n'avait songé à m'offrir un cadeau. Depuis quatorze ans que durait cette comédie, j'avais l'habitude, je n'y prêtais même plus attention[18]. Toutefois, nouveauté extraordinaire cette année-là, un paquet mal fagoté et minuscule portait une étiquette à mon prénom sous le sapin. Je regardais le cadeau avec sidération. Une bombe ? Du poison ? Un dentier ? Je ne savais pas pour quoi opter et restais immobile en fixant la chose avec méfiance. Prenant ma stupéfaction pour une manifestation de joie extrême, ma belle-mère me tendit le cadeau en me disant : « Après tout, vous faites tout de même un peu partie de la famille ». Certes. Étant sa bru depuis un peu plus de douze ans à cette époque-là et étant aussi la mère de ses deux seuls petits-enfants, je pouvais effectivement considérer que je faisais un peu partie de la famille, même si cela me coûtait... J'ouvrais donc le cadeau - mal fagoté et tout petit - pour découvrir avec stupeur une bougie rouge, d'au moins six centimètres de diamètre et de pas moins de cinq de hauteur... Cadeau publicitaire d'une marque de chocolats bien connue. Je le savais puisque j'avais toute une collection de ses petites sœurs à la maison. Afin de confirmer mes soupçons, je retournais l'objet et je vis le nom de la marque de chocolats, ainsi que la

---

[18] Qu'en disait mon mari ? Pas grand-chose. Pourquoi je reste avec lui ? C'est une bonne question. La seule réponse qui me vient, c'est que c'est un être humain très acceptable en dehors de sa famille.

mention fort éclairante : « Ne peut pas être vendu ». Deux options s'offraient à moi : la colère ou le fou rire. J'ai naturellement opté pour le deuxième, afin de bien montrer mon mépris à cette famille de tristes sires. Que pensez-vous d'Yvonne maintenant ? Charmante, n'est-ce pas ?

Je sens qu'à cet instant des présentations, une question vous taraude : Et Pierre-Marie, que dit-il ? Ne la défend-il pas ? Non, il est en mode Gremlins[19]. Partant du principe que tous les faits et gestes des Martin du Desclin sont frappés de perfection, il n'a jamais élevé la voix pour me défendre ni contre les insultes, ni contre les malveillances, ni contre les humiliations que me font subir son entière famille depuis quinze ans. Pire, quand j'ose me plaindre, il me rabroue, me disant que les gens comme moi (comprendre le « bas peuple ») ne savent pas profiter des avantages de sa classe. Du coup, j'ai opté il y a quelques années pour une stratégie de survie personnelle : la guérilla sournoise. Vous verrez, je suis passée maître en la matière, vous allez vous régaler. Où en étais-je ? Ah oui, la famille...

Au tour des sœurs ! Pierre-Marie est doté de deux grandes sœurs. Vous voyez les demi-sœurs de Cendrillon ? Les mêmes. Donc, au tour de Javotte et d'Anastasie... Heu, pardon... Au tour de Louise-Marie et Rose-Marie... Oui, il n'y a pas d'erreur, ils s'appellent tous Marie... Pauvre Marie ! Bref, Louise-Marie, la sœur, chez qui nous avons la gloire et le bonheur de loger cette année, est la plus parfaite des créatures, juste après sa mère dans l'ordre des perfections. Elle est elle aussi grande, maigre, méchante et hargneuse.

---

[19] Je vous en ai déjà parlé ! Concentrez-vous !

Une qualité, dîtes-vous ? Laissez-moi un instant... Question difficile... C'est une bonne cuisinière. C'est une qualité[20] ! Bref, Madame Parfaite a épousé le fils aîné des meilleurs amis de ses parents, l'ensemble des Martin du Desclin considérant à l'époque des épousailles qu'il s'agissait de la meilleure option possible. Le moins qu'on puisse dire est qu'ils se sont totalement fourvoyés. Gabin Machin de Truc-Muche[21] est un imbécile, méchant, vindicatif, agressif, gréviste professionnel, fainéant notoire, toujours à baver sur les « autres » qui, selon lui, « se gavent » pendant que lui, pauvre travailleur gagnant l'équivalent de trois SMIC fait tourner la France à lui tout seul. À bien y réfléchir, le plus intéressant dans ce garçon serait de comprendre par quel cheminement intellectuel il a pu passer de fils de bonne famille à syndicaliste enragé. Bref, la déception fut grande chez les Martin du Desclin[22]. Un tel revirement de situation a été considéré comme de la haute trahison et aurait été puni de mort en d'autres temps !

Enfin, et nous en arrivons au terme des présentations de la méchante famille Adams, Rose-Marie, la cadette de la fratrie, est une pharmacienne, un peu bourgeoise, un peu coincée, mais moins désagréable que le reste de sa famille. Son seul défaut est qu'elle semble dotée d'un superpouvoir

---

[20] Il faudra vous en contenter ! Rien d'autre ne m'est venu ! Je vous dirais que je suis déjà contente d'avoir trouvé une qualité à ma belle-sœur !

[21] Je ne me souviens pas de son nom. Oui, c'est mal, mais on s'en fiche ! Il ne se souvient pas du mien non plus !

[22] En toute honnêteté, c'est un euphémisme. La découverte de la nature profonde de leur gendre a été à peu de chose près l'équivalent de l'Apocalypse. En fait, cet élément aurait pu me rendre Gabin sympathique, s'il n'avait pas été aussi détestable...

l'empêchant de me voir, quand je suis dans la même pièce qu'elle. Cela crée parfois quelques scènes comiques où elle sursaute quand j'ose lui adresser la parole et que, soudain, j'apparais à sa conscience. Elle grimace alors légèrement et se fend d'un sourire écœuré en attendant que j'arrête de parler.

Le seul qui soit sympathique dans toute cette engeance diabolique, c'est l'époux de Rose-Marie, Xavier Juillard. Xavier est un homme débonnaire, discret, mais toujours là quand vous avez besoin de lui. C'est un homme normal avec lequel on peut parler ou ne pas parler, mais qui vous respecte et vous considère de prime abord comme son égal. Bref, une perle dans ce nid de vipères dans lequel je m'apprête à replonger pour la quinzième fois de suite... Plus nous approchons, plus j'ai besoin d'alcool... Non, reprends-toi, Chloé ! Pas d'alcool ! Tu as besoin de toute ta vivacité d'esprit pour ta guérilla sournoise ! Un exemple ? Ne vous inquiétez pas, d'habitude ça démarre au quart de tour... Accrochez-vous !

Chapitre 3.

Un débarras ? Comme c'est charmant !

Oh ! Mon ! Dieu ! Je ne pensais pas dire cela un jour, mais je sens que le manoir Adams ancestral va me manquer. Pierre-Marie a hésité un moment avant d'engager la voiture sur le chemin ultra-défoncé menant à une espèce de ruine historique. Cependant, le GPS est formel : cette bicoque miteuse, entourée d'un champ de mines[23] servant de jardin, est bien la résidence de Louise-Marie et de Gabin... Notre lieu de villégiature pour une semaine[24] ! Pour preuve, Louise-Marie et sa grande silhouette maigre viennent de surgir sur le seuil de la baraque. J'espère au moins qu'ils ont rénové l'intérieur ! Comme si elle était capable de percevoir mes pensées par télépathie, ma belle-sœur, toujours drapée dans ses éternelles robes à manches longues et

---

[23] Alerte aux taupes ! Alerte aux taupes !

[24] Une semaine ! Je ne vais jamais tenir ! J'espère qu'il y a un bar ! Non, Chloé ! Pas d'alcool, tu dois garder l'esprit clair ! Oh ! Mon ! Dieu !

à hauts cols, me fusille du regard[25]. Pierre-Marie gare la voiture, c'est parti pour une semaine de réjouissances ! Sainte-Patience, priez pour moi !

Je fais un vague geste de la main à Louise-Marie en sortant. Toutefois, loin de me précipiter dans les bras maigres et osseux de mon épouvantable belle-sœur, je prends le temps de m'occuper des enfants[26]. Clotilde s'est endormie - chère ange ! - et Philippe s'est tenu tranquille les trois dernières heures, marquant par ce calme sa solidarité avec sa mère - merci, mon chéri ! -. Comme d'habitude, Louise-Marie a un irrépressible haut-le-cœur lorsque les enfants apparaissent. Quelle idiote je fais ! J'ai oublié de vous dire ! Entre autres qualités, Louise-Marie et Gabin sont de fiers représentants du mouvement GINKS, dans sa version agressive, bien entendu ! Vous ne connaissez pas ? Eh bien, moi non plus, jusqu'à ce que cela m'explose à la figure pendant ma première grossesse !

Pour tout vous dire, Pierre-Marie et moi avons eu beaucoup de difficultés à avoir notre premier enfant. Étant mariés depuis plusieurs années, sans qu'aucun bambin n'ait pointé le bout de son petit nez entre-temps, les Martin du Desclin s'étaient persuadés que nous ne souhaitions pas nous reproduire... à leur grand soulagement[27]. Néanmoins, lorsque je suis arrivée enceinte il y a six ans, Yvonne a frôlé la syncope, mon beau-père Louis a failli vomir,

---

[25] Moi aussi, ça me fait plaisir de te voir, gourdasse ! Oui, ce n'est pas poli, mais on est dans ma tête ! Je fais ce que je veux dans ma tête !

[26] Je sais, le concept peut paraître surprenant, mais ces petites créatures requièrent plus d'attention que les Tamagotchi !

[27] Pensez donc ! Mélanger leurs gênes aux miens, c'est une catastrophe !

Rose-Marie n'a pas feint de ne pas me voir - pour une fois - et Louise-Marie est sortie de ses gonds. Elle m'a hurlé dessus. Si ! Si ! Et vous savez pourquoi ? Parce que, d'après elle et son mari GINKS (« Green Inclination, No kidS », soit en français : « Engagement vert, pas d'enfants »), les enfants sont une pollution, rien de plus, rien de moins. Je vous précise que ce sentiment n'est toutefois pas partagé par l'ensemble des GINKS, certains d'entre eux (la majeure partie, je l'espère) aiment les enfants. Toutefois, ma belle-sœur et son mari les vomissent. Ils considèrent que mettre au monde un enfant est irresponsable, en l'état actuel de la planète, et que le seul moyen d'agir durablement est de ne plus faire d'enfants. Entendons-nous bien, dans la tête de Louise-Marie et de Gabin, cette décision ne ressort pas d'une volonté de préserver les enfants, mais bien d'une croyance ferme que les enfants sont les plus gros pollueurs de la planète (les couches, le lait, les couches, les habits, les couches, les équipements, les couches et... je vous ai parlé des couches ? Oui, une ou deux fois, n'est-ce pas ?). Bref, tout à ma joie de porter enfin un petit chou, j'ai été attaquée par ces deux sauvages qui m'ont proprement accusée d'être responsable de la pollution et du réchauffement climatique à moi toute seule. J'étais si déboussolée par leur agressivité que je n'ai pas su comment réagir. Heureusement pour moi, Xavier[28] est arrivé sur son cheval blanc et m'a porté secours rejetant loin de moi mes ennemis enragés. Pierre-Marie ? Rien, comme d'habitude. Un Martin du Desclin a le droit de s'exprimer, même s'il ne dit que des conn... Bref, une fois de plus, j'ai été déçue par mon époux, mais je me

---

[28] Oui, mon beau-frère, pas mon mari...

suis fait un allié dans cette famille de fous : mon beau-frère Xavier. Entre « pièces rapportées », comme nous appelle Yvonne, nous nous comprenons. D'ailleurs, pour le remercier, j'ai exigé qu'il soit le parrain de Philippe.

Pour en revenir aux théories de Louise-Marie et de Gabin, une fois, une seule fois, j'ai essayé de comprendre leur point de vue. Je m'étais au préalable renseignée sur le mouvement des GINKS et, même si je ne parviens pas à comprendre leur raisonnement, je suis prête à respecter leur choix de ne pas avoir d'enfants pour des raisons environnementales. Selon ce mouvement, le fait de choisir de ne pas avoir d'enfants serait un geste altruiste et écoresponsable. Pourquoi pas. C'est leur point de vue et je ne suis pas là pour les juger, tant qu'ils ne m'imposent pas leur opinion. La difficulté est que, d'après moi, il n'y a rien d'altruiste dans la démarche des deux spécimens qui nous préoccupent. Louise-Marie et Gabin sont simplement trop égoïstes pour élever des enfants et ils se sont emparés de cette pensée pour conspuer ceux qui osent fonder une famille. Je ne m'entendais déjà pas avec eux avant ma première grossesse, mais ce n'était rien à côté de l'inimitié, voire de la haine, qui nous étreint désormais à chaque fois que nous nous rencontrons.

Au moins, quand je rencontre Louise-Marie et Gabin, je sais que je n'ai rien à attendre d'eux. C'est pourquoi j'ai à peine sourcillé quand Louise-Marie nous a conduits dans un cagibi, près de la chaudière, afin que nous nous installions avec nos deux enfants dans leur « bureau-bibliothèque-chambre d'amis-débarras ».

Laissons-lui la parole un instant :

— Tu comprends, Chloé, dit-elle de sa voix

habituelle traînante et empruntée, j'ai été mise devant le fait accompli, à deux semaines de recevoir tout le monde ! C'est inconcevable ! Je me suis pris la tête pour trouver de la place pour tout le monde, alors qu'à deux on arrive déjà à peine à tenir. C'est inconcevable ! Enfin, bon, je veux bien comprendre que Mère soit fatiguée mais, au moins, qu'elle le dise à l'avance !

Oui, Louise-Marie, j'ai bien compris que tu n'avais pas du tout envie de nous recevoir. Ne t'inquiète pas, je n'ai pas du tout envie de m'installer chez toi non plus !

— Enfin, tu l'auras compris, continue-t-elle en m'entraînant au fond du couloir du rez-de-chaussée, vers la pièce la plus éloignée du reste de la maison. Mère est prioritaire, je l'ai donc mise dans la plus belle chambre d'amis à l'étage. Rose-Marie en tant que cadette arrive en deuxième position, je l'ai donc installée dans la deuxième chambre d'amis à l'étage et Pierre-Marie, en tant que benjamin, je le mets où je peux.

Sur cette sentence, elle ouvre la porte d'un dépotoir ayant une vue directe sur la chaudière, qui ronfle comme un sonneur, et conclut :

— J'espère que ça conviendra.

Je glisse un coup d'œil dans l'espace d'au moins neuf mètres carrés où un canapé-lit des années cinquante a été ouvert (bel effort !), sans draps ni couvertures (peu mieux faire !) et où deux gros coussins de sol ont été posés à même le carrelage (pourquoi pas deux paniers pour chiens, je pense que ce serait plus confortable...). Je souris de toutes mes dents (prête à mordre) et je soupire de soulagement.

— C'est parfait ! m'exclamé-je. Je te remercie tellement d'y avoir pensé !

Louise-Marie est perturbée. Elle ne comprend pas

où elle a pu faire une erreur. Règle n°1 de la guérilla sournoise : déstabiliser l'adversaire.

— Tu ne peux pas imaginer comme je suis contente d'être au rez-de-chaussée. Cela va m'éviter de monter les escaliers avec les enfants et, comme on est loin du salon, ils vont pouvoir dormir. Je te remercie de tout cœur !

Sourire crispé de Louise-Marie. Grimace. Re-sourire. Grimace. Marrant ce processus ! J'ai l'impression d'avoir les deux faces de Janus qui alternent devant moi !

— Je t'en prie. Si cela te convient, c'est parfait, articule-t-elle avec difficulté entre ses dents serrées.

Elle déglutit, fait un demi-tour un peu raide et s'éloigne d'un pas mécanique.

Première manche pour Chloé !

Vous comprenez maintenant en quoi consiste la guérilla sournoise ?

La guérilla sournoise selon Chloé[29]

Règle n°1 : déstabiliser l'adversaire.

---

[29] Vous verrez à la fin, vous connaîtrez toutes les règles ! En même temps, il n'y en a que quatre, alors ça devrait aller !

Chapitre 4.

Et c'est parti pour les festivités !

Je n'ai aucune envie de rejoindre les autres[30]. Depuis les profondeurs de mon cagibi, j'ai perçu l'arrivée triomphale de ma belle-mère, Yvonne. Depuis la mort de son cher et pas tendre époux, cette dernière a gagné le droit de faire du bruit. Beaucoup de bruit... De son vivant[31], Louis considérait qu'une femme honorable était une femme silencieuse. Donc, Yvonne s'est tu la majeure partie de sa vie. Toutefois, depuis un peu plus de huit mois, elle rattrape cinquante-deux ans de silence. Autant dire qu'elle a la faculté de vous assourdir de paroles vaines à longueur de journée, sans discontinuer. Elle saoule tout le monde[32]. De son boucher, à son coiffeur en passant par les secrétaires de mairie, chaque être humain qui croise sa route est un prétexte pour déverser le flot de paroles retenu pendant tant d'années. Au début compréhensif, Pierre-Marie refuse désormais de prendre sa mère au téléphone. Bien évidemment, cette dernière s'étonne

---

[30] Je suppose que vous commencez à comprendre pourquoi...

[31] Et, connaissant le personnage, par-delà la mort...

[32] Sauf moi ! Pour une fois, cela a du bon d'être le vilain petit canard !

que je ne lui passe jamais son fils, qui me laisse affronter le dragon, semaine après semaine. Je me suis aussi lassée de cette situation et je ne décroche plus quand les mots « belle-maman » s'affichent sur l'écran de notre téléphone. Yvonne est consternée que son « Pierrot d'amour » ne lui parle quasi jamais... La connaissant, la responsabilité de ce manque d'empressement de son « Pierrot d'amour » m'incombe. Il faut bien trouver une raison, n'est-ce pas ? Yvonne est incapable de comprendre que son fils ne puisse pas passer trois heures au téléphone tous les jours. Bref, compte tenu de mes relations passées avec « belle-maman », aimable petit nom qui a le don de l'exaspérer[33], je n'ai aucune envie de rejoindre le salon pour me retrouver coincée entre la parfaite Louise-Marie et « belle-maman » Yvonne.

Peu après l'arrivée tonitruante de ma belle-mère, j'ai reconnu la voix de Gabin, le maître des lieux, que je n'ai pas plus envie de voir que la précédente. Quelques tonitruants « Fais pas ton bourgeois ! » ont, comme d'habitude, émaillé la courte conversation qu'il a eue avec Pierre-Marie, qui ne peut pas sentir son beau-frère, gréviste professionnel. Sans exagérer, Gabin est en grève constante. Il est si souvent à l'arrêt que je ne parviens plus à me souvenir ce qu'il est supposé faire hors les périodes de grève. Enfin, il y a tout de même un genre de grève que Gabin n'essaiera jamais : la grève de la faim. Soiffard accompli et bouffeur compulsif, sa gloutonnerie l'empêche même d'imaginer recourir à de telles extrémités pour soutenir une cause. Lui non plus, je n'ai pas envie de le voir[34].

---

[33] Guérilla sournoise, vous vous souvenez ?
[34] Curieux, n'est-ce pas ?

Puis, il y a quelques instants, le seul élément capable de me faire sortir du cagibi-abri dans lequel je suis cachée avec les enfants, m'est parvenu : la voix pleine de chaleur de Xavier résonne dans la maison. Bienveillant et toujours d'humeur aimable, mon beau-frère préféré est enfin arrivé. Pharmacien, philatéliste passionné et joueur d'échecs, Xavier a toujours un mot réconfortant pour chacun, quelles que soient les circonstances. J'ignore s'il s'agit d'un masque ou d'une réalité, mais il est tellement plus aimable que les autres, que peu m'importe la vérité. Je peux commencer à envisager de sortir de ma cachette.

Je jette un dernier coup d'œil au débarras dans lequel nous sommes relégués - c'est dire la déchéance de mon époux aux yeux de sa propre famille - et je suis assez satisfaite de moi. J'ai poussé le canapé-lit antique contre un mur, ce qui a libéré assez d'espace pour installer les deux lits des enfants. Heureusement, j'ai pensé à apporter des couvertures et des draps pour mes bébés, parce qu'en dehors des coussins pour chiens, laissés à leur intention par leur tante, rien ne peut convenir à des enfants en bas âge dans notre palace improvisé. Inutile de dire qu'il ne servira à rien de me tourner vers la maîtresse des lieux pour obtenir quoi que ce soit, encore moins vers le maître des lieux... « Fais pas ta bourgeoise ! ». Je hausse les épaules. Depuis le temps, j'ai l'habitude.

J'ai un regard plein d'amour pour mes angelots endormis. Épuisés par la route, Philippe et Clotilde se sont endormis aussitôt leurs lits prêts. Je savoure ce moment de paix, sachant qu'il ne va pas durer... Qu'est-ce que je disais ? La porte pivote sur ses gonds et laisse entrevoir le visage furibond de Pierre-Marie.

Comme à son habitude, il est sur le point de me demander ce que je peux bien faire de si important pour éviter sa famille ! C'est vrai, c'est dommage de se priver d'une telle compagnie ! Avant qu'il ne puisse articuler le moindre mot, je lui montre d'un geste impérieux et large la magnificence de notre domaine pour ce séjour. Un bon point pour lui : ses yeux s'écarquillent, son cerveau refusant de croire ce qu'il voit. Bug massif dans les petites cellules grises de « Pierrot d'amour ».

— Mais qu'est-ce que... commence-t-il.

— Eh bien quoi ? Tu n'aimes pas notre « bureau-bibliothèque-chambre d'amis-débarras » ? Regarde comme ta sœur est attentionnée, mon chéri. Elle a laissé ces deux paniers pour chiens pour ses neveux.

Pierre-Marie observe un instant les gros coussins que j'ai relégués dans un coin de la pièce. BUG ! BUG ! BUG ! Attention, chéri, tu vas avoir des séquelles !

Il hausse les épaules avec énervement et tranche d'un ton définitif :

— Ne sois pas stupide ! Louise-Marie n'aurait jamais fait ça.

Stupide ? Oh, mais si tu me cherches, mon garçon, tu vas me trouver !

Je le fusille du regard et rétorque :

— Bien, nous allons voir lequel est le plus stupide des deux. Si j'ai raison et que ta sœur a laissé ces deux coussins à l'intention de Philippe et Clotilde, qu'est-ce que je gagne ?

Nous pratiquons souvent ce petit jeu entre nous. J'ai remporté quelques très belles batailles grâce à l'orgueil de mon cher et tendre.

— Franchement, c'est tellement gros que je veux

bien t'offrir ce que tu veux, répond-il sûr de lui.

Un large sourire de triomphe s'épanouit sur mon visage. Pierre-Marie perd un peu de sa superbe. Bien, qu'est-ce qui lui casserait le plus les pieds ? Un week-end chez mes parents ? Un week-end seul avec les enfants pendant que je pars en thalasso ? Non, je sais !

— Je veux un chien ! tranché-je avec autorité.

Il roule des yeux, sidéré. Et oui, mon coco, il va te coûter cher ce petit séjour !

— Je ne m'en occuperai pas ! assène-t-il.

— Tiens donc, tu es moins sûr de toi soudain...

Il a un drôle de mouvement de tête, entre le dépit et le découragement. Je fronce les sourcils. Bizarre... D'habitude, nos joutes verbales sont plus longues et plus enlevées... Aïe, je sens les problèmes arriver à grands pas.

— Qu'est-ce qu'il se passe ? demandé-je à mi-voix.

Pierre-Marie jette un coup d'œil par-dessus son épaule, en direction du couloir, puis il entre dans la chambre. Re-aïe, cela n'annonce rien de bon. Je m'approche de lui pour recevoir la terrible confidence. Après un instant, il me pose les mains sur les épaules et chuchote :

— Tu vas exploser quand tu vas voir ce qui nous attend dans le salon...

Je fronce encore plus les sourcils. Je vais finir toute ridée à cause des Martin du Desclin ! Qu'est-ce qu'il y a dans le salon ? Un père fouettard ? Une meute de molosses ? Un boa constrictor ? Ma belle-mère a trouvé un nouveau compagnon ? NONNNNNN, pas un autre emmerd... Misère, ils vont avoir ma peau !

— Tu veux dire qu'il y a pire que le cagibi et les paniers pour chiens ?

Pierre-Marie soupire et me prend dans ses bras. Alerte générale ! Alerte générale ! La guerre est déclarée. Je répète, la guerre est déclarée !

— Je suis vraiment désolé de t'avoir entraînée là-dedans... murmure-t-il.

Mon cœur a un raté ! Mon époux, le parfait, le très parfait, le monstrueusement parfait Pierre-Marie Martin du Desclin, s'excuse ? Oh ! Mon ! Dieu ! Qu'est-ce qu'il se passe ? Ils ont décidé de cuisiner les enfants ou quoi ? Je tente de prendre un peu de distance pour regarder son visage, mais il me maintient contre lui... pour éviter que je ne l'étrangle, peut-être ? Je le repousse plus fort et il me donne un peu d'espace.

— Là, tu m'inquiètes ! Qu'est-ce que ta famille a encore trouvé pour nous pourrir les vacances ?

Il soupire de nouveau, sa cage thoracique se gonflant devant mon nez.

— J'ai failli foutre mon poing dans la gueule de ce connard de Gabin...

Alors, petite précision : la situation est catastrophique car jamais, je dis bien jamais, mon mari ne prononce un gros mot. Là, il y en a trois dans une phrase....

Bien, j'ai beau avoir de l'imagination, je donne ma langue au chat. J'ignore ce que ma belle-famille a pu inventer cette fois-ci pour nous pourrir la vie, mais je crois qu'on va atteindre des sommets encore inconnus.

— Je ne sais pas ce que je vais découvrir dans le salon, mais j'aurais mérité mon chien !

Il a un ricanement pathétique.

— Oui, tu l'auras mérité.

D'accord, j'ai pour habitude de saisir le taureau par les cornes, donc je fonce dans le salon et je vais mater la grosse bête ! Au moment où je sors, j'entends :

— Essaie de ne pas t'emporter.

Je me retourne comme un aspic.

— Mais, bien sûr, mon chéri ! Je vais leur permettre de s'essuyer les pieds sur moi comme tous les ans. Tu vois, je pensais que ce serait plus calme sans ton père mais, à ce que je vois, les autres membres de ta famille sont pleins de ressources eux aussi...

Pierre-Marie serre la mâchoire, mais ne dit rien. Alors là, je suis franchement inquiète. D'habitude, c'est le genre de réflexion qui le fait sortir de ses gonds, parce que personne, je dis bien personne, n'est autorisé à attaquer les Martin du Desclin. Allez, Chloé, action !

— Garde un œil sur les enfants, je vais voir ce qu'ils ont fait !

S'ils veulent la guerre, ils vont l'avoir ! En plus de quinze ans de vie commune, je n'ai jamais vu Pierre-Marie dans cet état, alors j'ignore ce que je vais trouver au bout de ce couloir, mais je peux vous assurer que rien, ni personne, ne me déstabilisera. Les Martin du Desclin, vous pouvez commencer à compter vos abattis, j'arrive et je vais faire du dégât.

Chapitre 5

Ah, quand même !

Je suis encore dans le couloir quand un tonitruant « Ils vont pas faire leurs bourgeois ! Même des enfants peuvent ramasser les feuilles ! » retentit. Pardon ? Ce gros abruti de fainéant de compétition, qui me sert de beau-frère, envisage de faire travailler mes enfants ? Alors, là, permets-moi de te dire que tu vas tomber sur un os et un gros !

J'ouvre la porte d'une poussée plus brusque que je ne l'imagine. Elle claque contre le mur et rebondit. Je la bloque avec force. Mon entrée fait sursauter toute l'aimable assemblée.

— Tu as prévu quelque chose pour mes enfants et tu ne me le dis pas ? m'enquiers-je.

Non, je ne dis ni bonjour, ni rien. Quand j'ai fait dix heures de route pour rejoindre une famille désagréable et qui, par-dessus le marché, prévoit je-ne-sais-quoi pour mes enfants, sans se poser la question de mon opinion, je deviens impolie ! Ils veulent la guerre, ils vont l'avoir !

J'approche comme une furie, un sourire un peu dingue vissé sur le visage. Un bon point pour l'abruti en chef, il recule d'un pas. Comme quoi, même dans son cerveau atrophié, un semblant de réflexe de survie subsiste.

J'avance dans la pièce et je vois un grand tableau posé sur le canapé, alors que personne n'est assis. Xavier m'a à peine remarquée, tant il est obnubilé par l'objet... Qu'est-ce que c'est que ce bazar ?

— C'est quoi ? dis-je d'un ton impérieux en montrant du doigt le tableau.

— Le tableau des tâches ! répond Gabin en recouvrant un peu de sa contenance.

— Un tableau de quoi ?

J'ai dû mal comprendre ! Ce n'est pas Dieu possible d'être aussi sans-gêne ! En parlant de tache, j'en connais une grosse et elle est en face de moi !

— Un tableau des tâches ! répète Gabin en se redressant sur ses ergots.

Manifestement, c'est possible... Je m'approche de la chose pour mieux observer la curiosité. Après tout, ce n'est pas tous les jours qu'un tableau des corvées vous accueille en famille.

— Fais-pas ta...

— Bourgeoise, finis-je en me retournant vers l'andouille. Tu te répètes et, force est de constater, que tu ne te renouvelles pas beaucoup. Je te rappelle qu'entre nous deux, c'est toi qui gagnes le plus en travaillant moins. Alors qui est le bourgeois ?

Gabin manque s'étrangler, les mots se précipitent dans sa gorge, mais son cerveau a eu trop d'informations à traiter en même temps. Il frôle l'apoplexie, puis devient cramoisi et se tait. Il a sûrement oublié ce qu'il voulait beugler. C'est le problème quand on est doté de deux neurones en état de marche, les informations préfèrent se faire oublier.

Je reporte mon attention sur l'objet. Bien organisé le

bazar ! De belles colonnes, bien droites, allant du dimanche au vendredi - ils sont si attentionnés de nous faire grâce d'aujourd'hui - avec de magnifiques lignes regroupant les différentes corvées.

Je vous fais un dessin, parce que je suis sympa et que je ne veux pas que vous ratiez des informations. Ce n'est pas tous les jours qu'on a le privilège de voir ça !

	Dim.	lundi	mardi	Mercr.	jeudi	Vendr.
Petit-déjeuner (6)						
Déjeuner (6)						
Dîner (6)						
Repassage (6)						
Ménage (6)						
Salle de bains (6)						
WC (6)						
Purge radiateurs (1)						
Peinture volets (6)						
Peinture porta (1)						
Ramassage des feuilles (3)						
Tailler les haie (4)						
Stockage pisci (1)						
Couper l'herbe (3)						
Aplanir les taupinières (2)						
Couper le bois (6)						
Rentrer le bois (6)						
Réparation murs (5)						

Quand je vous dis que c'est une feignasse de

compétition... Convaincus maintenant ? Vous vous demandez ce à quoi correspondent les chiffres entre parenthèses... J'ai une idée, mais je préfère obtenir une confirmation de mes soupçons, avant d'étrangler mon hôte. C'est plus courtois.

— Si je comprends bien ton tableau, chaque invité est supposé participer non seulement à l'entretien de la maison pendant notre séjour, mais aussi à la rénovation de votre ruine. C'est bien cela ?

Louise-Marie est soudain prise d'un hoquet intempestif[35]. Quant à Gabin, il reprend une jolie couleur cramoisie. Intéressant, je crois que j'ai compris comment le manier celui-là...

— Comment... s'étrangle-t-il.

— Je n'ai pas fini, dis-je d'un ton autoritaire, qui lui coupe la chique. Il y a un point qui m'échappe : les petits numéros entre parenthèses...

J'entends Xavier pouffer derrière moi. Tiens, je n'avais pas remarqué que mon beau-frère s'était rapproché. Peut-être a-t-il eu peur d'une réaction brusque de l'ahuri... Je ne sais pas pourquoi Xavier et Pierre-Marie se montrent toujours aussi protecteurs à mon égard... Comme si je n'étais pas de taille à faire face à cette andouille !

— Je crois que je peux te renseigner, répond Xavier avec obligeance. Il me semble que c'est le nombre de fois que nous devrons prévoir cette corvée au cours de la semaine.

Je revérifie le tableau. Cela confirme mes propres suppositions.

— Ce ne sont pas des corvées ! hurle soudain Gabin,

---

[35] Oui, ma grande, ta maison est un tas de boue laissé à l'abandon.

juste derrière mon oreille droite.

Adieu mon tympan ! Je t'aimais bien.

— Vous ne croyez quand même pas que je vais vous nourrir à l'œil, bande de vautours !

Tiens, ça change de bourgeois. C'est bien, il s'échauffe ! Attiré par les braillements de l'énergumène, Pierre-Marie se précipite dans le salon. Amusant comme mon époux peut être convaincu que je suis la responsable de l'ire de notre hôte. Je ne me préoccupe pas de son arrivée, je suis capable de venir à bout de ce crétin, toute seule, comme une grande !

— Je suis d'accord avec toi, tranché-je d'un ton ferme.

Gabin en reste bouche bée. Règle n°1 de la guérilla sournoise : déstabiliser l'adversaire. Je suis gentille, je vous fais réviser.

— En honnête compagnie, on partage les frais, confirmé-je.

Règle n°2 de la guérilla sournoise : manipuler l'adversaire.

Le Gabin manque de se démettre la mâchoire. Il n'en croit pas ses oreilles. Il aurait raison ? Cela fait au moins une décennie qu'il n'a pas entendu cette phrase... voire plus !

— On partage TOUS les frais, continué-je.

Une lueur de compréhension s'allume au fond de ses pupilles. Sûrement le cerveau reptilien qui tente une analyse.

— Y compris ceux de déplacements, achevé-je.

Je salue. Applaudissements. Foule en délire. Merci l'artiste.

La proposition fait son chemin dans le cerveau flasque de l'adversaire. Frais de déplacement... Ça risque de me coûter des sous... Un œil, un seul, s'illumine sur sa face rougeaude.

— Mais vous avez une voiture de bourgeois !

Ah, retour aux fondamentaux. La bête se rassure comme elle peut !

Je me plante devant lui, les bras croisés sur la poitrine, les pieds bien campés au sol.

— Il faut bien ça pour venir de l'autre côté de la France avec les lits des enfants !

— On leur avait prévu des coussins ! s'indigne-t-il.

Triomphe romain ! Je me tourne victorieuse vers Pierre-Marie dont la mine est sinistre. Pour ma part, je ne pourrais pas avoir un sourire plus large. Un chien ! Youpi ! En parlant de chien...

— Tu confonds enfants et chiens, précisé-je au beau-frère, qui n'est ni beau, ni frère.

— Ils sont petits, ils se souviendront pas ! argumente-t-il.

En plus, il y avait pensé ! Vous voyez cette malveillance ? Cet homme est une honte pour le genre humain !

— N'empêche que tes coussins pour chiens ne conviennent pas à des enfants, donc il nous faut les lits, donc une grosse voiture, donc des frais de route élevés. Si je m'inscris sur ton tableau, tu participes à nos frais de route avec ton salaire supérieur au mien pour moins d'heures.

Je déclare le concours de la mine la plus sinistre ouvert. Inutile de vous inscrire, Pierre-Marie et Gabin ont pris de l'avance. En revanche, cela va être difficile de les départager ces deux-là !

Un silence de mort tombe, seulement interrompu quelques instants plus tard par des petits pas, que je reconnaîtrais entre mille. Philippe apparaît en se frottant les yeux.

— Le père Noël est arrivé ?

Non, mon chéri, mais ne t'inquiète pas, maman est en train de libérer la place pour lui à grands coups de pelle.

La guérilla sournoise selon Chloé[36]

Règle n°1 : déstabiliser l'adversaire.

Règle n°2 : manipuler l'adversaire.

---

[36] Il est sympa ce tableau, n'est-ce pas ?

Chapitre 6

J'aime tellement les repas de famille !

Je ne vous cache pas que mon intervention a jeté un froid. Afin de se montrer conciliant[37], Pierre-Marie a accepté de se charger de quelques travaux en extérieur avec Xavier. Quant aux deux sœurs, elles se sont inscrites à quelques activités. Pour ma part, en tant que vilain petit canard, j'ai refusé tout net de me charger de quoi que ce fût et j'ai menacé d'extermination le premier qui tenterait de faire travailler les enfants.

Règle n°3 de la guérilla sournoise : annihiler l'adversaire[38]. D'ailleurs, par extension, il me faudra bientôt appliquer la règle n°4 : avoir une bonne pelle en cas de besoin[39].

J'ai rassuré les enfants sur le fait qu'ils n'avaient pas à travailler pour payer leur séjour, puisque leur

---

[37] Ou bien pour oublier le fait que j'ai gagné un chien dans cette histoire ! Youpi, un toutou !

[38] À n'utiliser qu'en cas d'extrême nécessité, mais je crois que Gabin fait beaucoup d'efforts pour que je mette en pratique cette règle...

[39] Quand on doit creuser pour cacher un corps, il faut une bonne pelle ! N'importe quel éventreur vous le dira !

abominable tante Louise-Marie essayait de les convaincre du contraire[40] ! Nous ne ferons que ce qu'ils voudront, à leur rythme et dans la limite de leur amusement... et du mien ! Pour ma part, je n'ai ni envie de repasser, ni de faire le ménage, ni de peindre, ni de ratisser, ni de raccommoder des chaussettes, ni de vider la fosse d'aisances ou que sais-je encore ! En plus, d'habitude, je suis plutôt bonne fille. Je donne des coups de main - à défaut de coups de pelle -, je ne reste pas assise à attendre qu'on me serve. Toutefois, cette fois-ci, c'est une question de principe ! Un tableau de corvées en famille ? Pour faire abattre le travail d'une année à ceux que vous invitez pour les fêtes de Noël ? Mais ils sortent d'où ces gens-là ? Ils viennent de quelle planète ? Où ont-ils été élevés ? Sur quelles bases sociales ? Lamentable ! Je n'appréciais déjà pas les séjours dans ma belle-famille mais, pour être juste, je dois reconnaître qu'Yvonne nous a toujours bien reçus en comparaison. Nous avions une grande chambre où nous pouvions installer les lits des enfants sans difficulté. Yvonne n'avait certes pas de lits pour eux, mais elle se chargeait de fournir les couettes, les draps et tout ce qu'il fallait ! De la même manière, elle n'a jamais exigé que nous l'aidions et, pourtant, elle cuisinait jour et nuit pour nous tous. Bien sûr, je l'aidais, autant que je le pouvais. Je ne suis certes pas un cordon-bleu, mais je participais avec bonne volonté ! D'ailleurs, à bien y réfléchir, la cuisine était le seul endroit où Yvonne se montrait peu ou prou un peu agréable avec moi... Dès qu'elle en sortait, elle était

---

[40] Si, si ! Je me demande lequel des deux est le plus taré ? Louise-Marie ou Gabin ? La compétition est relevée, nous le saurons peut-être sous peu !

cassante, blessante, méchante et malveillante[41]. Bref, compte tenu de mes expériences passées, j'espère que ces « vacances » ne vont pas me faire regretter les précédents séjours chez les Martin du Desclin !

† ☠ †

Après ma prise de position vigoureuse contre tout travail imposé par mon beau-frère - et en sous-main ma belle-sœur -, je me suis occupée des enfants. Ils ont d'abord mangé des petits pots que j'avais apportés en cas de besoin et, croyez-moi, il va y en avoir des besoins ! Louise-Marie a semblé découvrir que les enfants mangeaient... et quatre fois par jour encore ! Et oui, ils prennent un petit-déjeuner, un déjeuner, un goûter et un dîner par jour ! Quelle incroyable nouvelle ! Au vu des placards, nos hôtes n'étaient pas au courant, puisqu'à part une quantité invraisemblable de chips, de cacahuètes, de biscuits apéritifs et d'alcools en tous genres, il n'y a... rien ! J'ai osé dire que nous devrions aller faire des courses pour les enfants et, à peine ai-je tourné les talons, qu'un retentissant « Elle fait encore sa bourgeoise, celle-là ! » a résonné au rez-de-chaussée[42]. Oui, je fais ma bourgeoise ! Je ne vais pas donner des chips et du whisky à Clotilde et Philippe pour dîner ! Bref, j'ai évité de retourner dans la cuisine car : 1/ je devais m'occuper des enfants ; 2/ je ne disposais pas

---

[41] Oui, ça fait beaucoup de – ante ! Et encore, j'aurais pu en rajouter, si vous voyez ce que je veux dire ! Je vous aide, ça commence par « chi » et ça finit comme les autres !

[42] Il y a des coups de pelle qui se perdent !

d'un fusil à canon scié pour gérer la difficulté[43]... Mais je peux vous assurer que le pourfendeur des bourgeois, la huitième plaie d'Égypte, le cinquième cavalier de l'apocalypse, j'ai nommé Cornichon Ier, mon beau-frère, ne perd rien pour attendre.

Ne vous inquiétez pas, mes poussins, Maman va s'occuper de la famille de Grinchs ! Je vais leur en servir une sévère, moi ! Foi de Chloé !

De retour au calme, dans notre pièce multifonction - que je vais finir par apprécier, puisque personne n'ose venir nous y déranger -, les enfants ont enfilé - avec un peu d'aide - leurs pyjamas et dodo.

Je profite de ce moment de tranquillité, installée sur le canapé-lit, un livre sur les genoux, mes chouchous autour de moi, emmitouflés dans leurs couvertures doudou. Nous en sommes à la lecture des aventures de Nono le gros oiseau, quand quelqu'un frappe à la porte de notre « cagibi-palace » ou « palace-cagibi », comme vous préférez. C'était trop beau...

— Entrez, dis-je avec curiosité.

Lequel des Martin du Desclin s'aventure-t-il si loin de ses congénères, dans des contrées peuplées de créatures quasi mythiques ? Lequel a réuni assez de courage pour se confronter aux enfants ? La porte s'ouvre et je découvre... Yvonne ?

J'esquisse un mouvement pour me lever mais, entre Clotilde qui est affalée en travers de mes genoux, le grand livre de Nono le gros oiseau et Philippe qui râle car, au moindre mouvement, il ne voit plus l'image, je ne parviens pas à accueillir ma belle-mère comme il se

---

[43] Oui, je monte en gamme par rapport à la pelle, mais vous avouerez que la résistance au sens commun est particulièrement acharnée dans ce coin paumé du monde !

devrait. Magnanime, elle me fait signe de ne pas bouger et son regard s'agrandit soudain. Effarée, elle contemple notre domaine, puis pince les lèvres. Elle est surprise, un peu choquée et, vu sa mine, la colère n'est pas très loin... Aurais-je supposé un peu vite que tous les membres de la famille s'étaient ligués contre nous ? Yvonne, tout du moins, découvre pourquoi je suis de méchante humeur ou, si tel n'est pas le cas, je vais contacter l'Académie des Oscars pour qu'elle obtienne une statuette de toute urgence ! Ses yeux s'arrêtent un instant sur les coussins bannis dans un coin et sa bouche s'arrondit en un « oh » silencieux, mais horrifié. Elle referme la porte derrière elle et profite de ce mouvement pour se recomposer une mine posée. Les Martin du Desclin ne se critiquent jamais entre eux devant des inconnus... Oui, je fais toujours partie des inconnus après quinze ans de vie commune et deux rejetons à mon actif.

Elle se retourne et m'observe en silence... Étrange...

— Je suis désolée, Yvonne, je ne peux que vous proposer de nous rejoindre sur le lit.

Elle sort de sa profonde réflexion et sourit par inadvertance, avant de se reprendre.

— Ne vous dérangez pas pour moi... répond-elle. Je voulais seulement savoir pourquoi vous étiez si en colère tout à l'heure... et je comprends... Vous me voyez désolée de cet accueil si peu convenable. Si j'avais su...

La stupéfaction change de camp ! Pour le coup, c'est moi qui suis sidérée ! Yvonne ? Vous allez bien ? Vous faites un AVC ? Dois-je appeler les pompiers, les secours, SOS médecins, un exorciste ?

Un air pincé et supérieur reprend le dessus sur le visage de ma belle-mère. Ouf, j'ai eu peur !

— Ne prenez pas cette mine effarée ! dit-elle d'un ton

sans réplique possible. Contrairement à ce que vous semblez croire depuis des années, je ne suis pas votre ennemie.

Merde ! On est en train de la perdre ![44]

— Je voulais vous dire que j'ai rajouté une ligne sur le tableau des tâches, continue-t-elle.

Installation définitive de la stupéfaction sur ma face ! Je vais rester bloquée avec cet air ahuri pendant une bonne semaine !

— J'ai fait remarquer que rien n'avait été prévu pour les repas des enfants et j'ai décidé de m'en charger pendant la durée du séjour. Au moins, serons-nous tranquilles quant à la qualité des repas de Philippe et Clotilde...

Pour les adultes, nous verrons... mais j'apprécie le geste ! Elle tourne les talons et s'éloigne déjà quand j'ai, enfin, la présence d'esprit de dire :

— Merci, Yvonne. C'est très gentil à vous...

Elle s'arrête sur le seuil, se retourne et sourit... Miracle ! Un vrai sourire ! Pour moi ! Yvonne, vous êtes sûre pour l'exorciste ? Vous ne voulez pas qu'on vérifie ?

— Je vous en prie, Chloé. C'est normal... Je venais aussi vous prévenir que nous n'allons pas tarder à passer à table...

Je hoche la tête.

— Je finis l'histoire et j'arrive.

Re-sourire. Elle sort.

---

[44] Appelez les secours au lieu de rester les bras ballants à compter les gros mots ! Vous ne voyez pas que c'est une urgence urgentissime ! Yvonne est presque humaine ! Si Saint-Jean l'Évangéliste l'avait connue, il aurait intégré dans les signes précurseurs de l'Apocalypse : « Et Yvonne, la grande mégère, compatira aux malheurs de ses semblables » ! Ouh, punaise ! Ça fait froid dans le dos !

Je reste un instant interdite. Qui a kidnappé ma belle-mère ? Et, surtout, combien veulent-ils pour la garder ! Je suis prête à payer cher pour garder cette dame !

Philippe grommelle et je reprends le cours de l'histoire de Nono. Tout en lisant, je me fais la réflexion que ce séjour va sans doute rester dans les annales familiales...

† ☠ †

Quand j'arrive dans la salle à manger, je m'aperçois qu'ils ne m'ont pas attendue. D'accord, cela ne doit pas faire très longtemps qu'ils sont à table, puisque ma soupe fume encore, mais quand même ! Je suis vraiment la dernière roue de la charrette... Une roue dont on aimerait bien se débarrasser en fait. Cette famille est insupportable ! Et regardez-moi cette tablée ! Tous ces couillons avec leurs grands airs !

Autour de la table ovale, Louise-Marie et Gabin se sont assis aux extrémités, comme il se doit. Notre « pas charmante du tout » hôtesse est entourée par Xavier et Pierre-Marie, comme il se doit aussi, et notre « ridicule méchant grossier cuistre » d'hôte a pour voisines Yvonne et Rose-Marie. En tant que benjamine de la tablée, je me retrouve entre mon mari et Rose-Marie... Même si la sœur cadette de la fratrie est moins insupportable que son aînée, elle n'en reste pas moins une Martin du Desclin, munie de toutes les options les plus désagréables ! Pharmacienne, ayant épousé un pharmacien plus âgé qu'elle - son ancien patron, si vous voulez tout savoir -, Rose-Marie est une belle femme à la silhouette élancée et sportive. Elle m'accueille avec son demi-sourire caractéristique, comme si sourire en entier était au-dessus de ses forces ! Bref, je m'installe et j'entame ma soupe en silence, puisqu'ils sont déjà tous plongés dans des conversations croisées. Je laisse traîner mes oreilles, espérant définir si l'une ou l'autre de ces discussions peut se révéler d'un quelconque intérêt, mais rien de plaisant ne vient égayer mon repas solitaire. Xavier et Pierre-Marie échangent sur la bourse, au grand déplaisir de Louise-Marie... que je peux comprendre, pour une fois ! Il me semble pourtant que, dans l'étiquette française, un homme doit faire la conversation à sa voisine, pas faire comme si elle n'existait pas pour s'entretenir avec l'un de ses semblables... Bref, mon mari et mon beau-frère préféré sont des goujats ! De mieux en mieux ! De l'autre côté, Yvonne et Rose-Marie écoutent Gabin - non sans un certain courage, je dois le reconnaître - décrire ses conditions de travail proches de celles de « La bête humaine », à l'en croire... Finalement, je suis bien avec ma soupe. Pourvu que personne ne s'aperçoive de ma présence...

— Et toi, qu'en penses-tu, Chloé ?

Merde ! Tu ne pouvais pas me laisser tranquille « Pierrot d'amour » ? Maintenant, tout le monde me regarde et je ne sais même pas sur quoi je suis supposée avoir un avis...

— Je te demande pardon ? essayé-je de feinter pour éviter toute discussion.

Pourvu qu'il abandonne ! Pourvu qu'il abandonne !

— Nous parlions de l'influence des placements verts à longs termes...

Pfffff, trop naze « Pierrot d'amour » ! Tu pouvais juste dire : « Ne t'inquiète pas, mange tranquillement » ou quelque chose de la même eau ! Maintenant, je suis obligée de hocher la tête et je regrette déjà l'échange très prometteur que j'avais avec ma soupe...

— Je suppose que tu veux parler des investissements socialement responsables ? soupiré-je.

Soyons clairs, je ne soupire pas à cause des ISR (investissements socialement responsables). Je considère que privilégier le financement des entreprises ayant un impact environnemental et social positif est un bon moyen d'agir. Je soupire parce que je sais déjà que la conversation va tourner au pugilat entre les deux clans de la famille. D'un côté, Xavier, Pierre-Marie et moi. De l'autre, Gabin, Louise-Marie et Rose-Marie. Yvonne, quant à elle, ne s'est jamais prononcée sur ce genre de thématique...

— Je pense que...

Bien sûr, je n'ai pas le temps d'aligner trois mots[45] que ce qui devait arriver, arriva. Un beuglement m'interrompt.

— Quelle connerie, vos trucs de hippies !

Je vous le donne en mille : Gabin dans ses œuvres. J'inspire par le nez. Je souffle par la bouche. Faire le vide. Je suis comme la montagne, les événements de la vie n'ont pas plus de prises sur moi que la météo sur la montagne...

— Ah, ces bourgeois ! Ils ne manquent pas d'imagination pour créer des escroqueries pour le peuple !

Regarder passer ses pensées négatives, comme une feuille qui flotte à la surface d'un cours d'eau... Tout ça, tout ça... On est là pour quoi déjà ? Ah oui, Noël. J'avais presque oublié ! Bref, je me désintéresse des

---

[45]Ah si ! Il y en a trois.

hurlements qui m'entourent et je finis ma soupe. Pas mauvaise cette soupe, d'ailleurs. Je me demande qui l'a faite ?

Yvonne a dû remarquer mon enthousiasme car, au milieu du fracas des affrontements du camp des hippies et du camp des travailleurs, j'entends un faible :

— Voulez-vous un peu plus de soupe, Chloé ?

— Avec grand plaisir, Yvonne ! dis-je en tendant mon assiette.

Au moins, j'ai gagné une assiette de soupe ! C'est toujours ça de pris sur l'ennemi !

Une demi-heure plus tard, je suis rassasiée quand nous rejoignons notre domaine. Une belle mousse au chocolat a suivi la soupe. J'adooorre la mousse au chocolat ! Je dois certainement ce petit bonheur à ma belle-mère[46], qui a dû envahir la cuisine pour compenser quelque peu l'accueil médiocre qui nous a été fait. Au moins, avec ce séjour, je découvre de bons côtés à Yvonne. Comparée à sa fille, c'est une hôtesse de classe internationale.

Pour vous dire la vérité, je n'ai jamais beaucoup apprécié ma belle-mère[47]. Quand je l'ai rencontrée pour la première fois, je n'ai même pas eu le temps de me présenter que j'avais déjà été jugée, exécutée et enterrée. Yvonne n'a jamais accepté mon mariage avec son seul et unique fils. « Il aurait pu trouver tellement mieux » disait-elle à chacun de nos séjours, sans même prendre la peine de se montrer discrète. Je dois vous avouer que sa bienveillance actuelle à mon égard

---

[46] Franchement, Yvonne, vous marquez des points !

[47] « Non ! On ne s'en serait jamais douté ! ». Je vous entends d'ici... Bon, d'accord, ça se voit un chouïa...

m'étonne... À moins qu'elle n'ait joué un rôle durant toutes ces années ? Non, c'est un peu simple de rejeter la faute sur son défunt mari. Chacun est responsable de ses actes. Yvonne a toujours été odieuse avec moi et ce n'est pas une mousse au chocolat qui va changer la donne[48] !

— Quel abominable connard ! s'exclame soudain Pierre-Marie.

Ce qualificatif bien peu charitable me ramène à la réalité et au couloir que je longe en compagnie de mon époux.

— Je me demande bien ce qu'elle lui trouve ! continue-t-il.

Je hausse les épaules. Vu les jugements extérieurs qu'a suscités mon couple, je me garde bien d'avoir une quelconque opinion sur ceux des autres. Si Louise-Marie n'y trouvait pas son compte, elle divorcerait.

— Ta sœur est libre de faire ce qu'elle veut, articulé-je d'une voix ensommeillée.

Aïe. Je ne sais pas si c'est la fatigue du voyage ou l'extase du chocolat, mais j'aurais dû tenir ma langue. Pierre-Marie se retourne comme un aspic.

— C'est facile pour toi de dire ça ! Tu travailles !

Et voilà, c'est reparti ! Je constate que les Martin du Desclin sont en grande forme cette année. Pas de temps mort, pas de répit. Je me fige au milieu du couloir, bras croisés sur la poitrine.

— Deux choses : 1 / Ce n'est pas facile, c'est un choix ; 2 / il me semble que ta sœur est infirmière, n'est-ce pas ? Elle peut retrouver du travail quand elle

---

[48] Même si elle était vraiment parfaite, cette mousse au chocolat !

veut !

Pierre-Marie inspire pour me casser les pieds et je l'arrête d'un geste.

— Pierre-Marie, je vais être très claire avec toi. Je ne vais pas te servir de bouc émissaire parce que, comme d'habitude, tu t'es accroché avec ton beau-frère et que ta bonne éducation t'a fait abandonner la partie avant de ne l'avoir gagnée. De plus, je pressens que ce séjour va être encore pire que les précédents, alors tu seras bien aimable de m'épargner ta méchante humeur ! S'il y en a une qui peut être contrariée, c'est moi ! Tu as accepté cette invitation sans me demander mon avis et sans autre explication que « Nous ne pouvons pas faire autrement cette année ! ».

J'en ai marre des Martin du Desclin, y compris du spécimen à côté de moi !

Il a l'air surpris et m'observe un moment. Il me jauge. Sur une échelle de 1 à 10, l'exaspération de Chloé est-elle à 5 ou 6 ? 18, mon Capitaine ! Alors, ne me casse pas les pieds, ni le reste !

Je me détourne de lui et j'entre dans mon petit paradis, mon « cagibi-palace » à moi ! Je suis bien décidée à dormir pour prendre des forces... Je vais en avoir besoin !

La guérilla sournoise selon Chloé[49]

Règle n°1 : déstabiliser l'adversaire.

Règle n°2 : manipuler l'adversaire.

Règle n°3 : annihiler l'adversaire.

Règle n°4 : avoir une bonne pelle en cas de besoin.

---

[49] Deux règles póur le prix d'une ! Du coup, vous connaissez les quatre règles de base !

Chapitre 7.

Et les petits-déjeuners festifs...

Dimanche 24 décembre – Temps pourri. Ambiance pourrie... Plus que pourrie à la réflexion... Pouritissime en vérité !

C'est Noël !!! Enfin presque... Ma journée commence aux alentours de cinq heures du matin. Clotilde gazouille gentiment dans son lit parapluie, mais je sais d'expérience que cela ne va pas durer. Je prends le temps de m'étirer et paf ! Une écharde dans le doigt ! La journée commence ! Debout Chloé, ne mollit pas ! Même l'antique canapé-lit tout vieux et tout défoncé m'en veut ! Quelle poisse ! Pourquoi ai-je encore laissé Pierre-Marie m'embarquer dans cette galère ? Je n'ai aucune excuse. La première fois, tu ne sais pas. La deuxième fois, tu peux accorder le bénéfice du doute. La troisième fois, tu peux commencer à te douter que les choses ne vont pas s'améliorer toute seule... Mais, à la quinzième fois, ma vieille, t'es une idiote et c'est tout !

J'enlève avec un stoïcisme admirable l'écharde qui me larde le doigt. Puis, je m'étire de nouveau en prenant garde de ne m'approcher de quoi que ce soit[50] et je me lève. Pierre-Marie dort, à son habitude, comme un vampire dans sa boîte. Rien ni personne ne peut le réveiller. Vous vous demandez si je ne suis pas moi-même l'une de ces charmantes créatures à crocs pour voir ainsi la nuit ? Non. Ça me plairait bien pourtant de saigner à blanc deux ou trois abrutis de ma connaissance, mais non, je ne suis pas un vampire… Je vois dans l'obscurité car le mauvais chiffon, qui nous sert de rideau dans notre cagibi, laisse passer le jour. Par conséquent, j'y vois assez pour contempler mon mari dormir, constater que Philippe a le même don que son père et admirer Clotilde qui, estimant que sa patience est déjà à bout, escalade son lit… Je m'empare de ma digne fille, du sac de vivres pour les enfants (j'interdis à quiconque de leur voler le moindre biscuit !) et je sors.

À mon grand étonnement, j'entends du bruit provenant de la cuisine. Qui peut bien être debout à cette heure-ci ? Une drôle d'odeur nous accueille dans le couloir. Je renifle, mais cela ne m'évoque rien. C'est herbeux, un peu acide… Beurk ! Ça empeste le pipi de chat ! Le pipi de vieux chat, pour être précise ! J'espère que ce n'est pas pour le petit-déjeuner ! Pour ma part, je tuerais pour un demi-litre de café[51] !

Quand j'entre dans la cuisine, je trouve Yvonne, vêtue d'une robe de chambre en velours, en pleine préparation culinaire. Elle coupe en morceaux une espèce de panais… Zut, c'est sûrement pour midi… Quelle déception, cela ne sent pas bon. Elle lève le nez

---

[50] Ici, même les meubles sont hostiles !

[51] Et des gâteaux ! Vous croyez qu'il reste de la mousse au chocolat ? Comment ça « gourmande » ? Mais pas du tout !

de son ouvrage et manque s'entailler la main en me voyant. Heureusement, elle a pensé à se protéger avec de gros gants.

— Chloé ? Déjà debout ? s'étonne-t-elle.

Je montre Clotilde d'un mouvement de menton.

— Cette demoiselle commençait à s'impatienter, dis-je en souriant. Vous êtes matinale, Yvonne !

Elle acquiesce d'un hochement de tête.

— Cette préparation n'a pas une bonne odeur, alors je la concocte toujours quand il n'y a personne dans les parages.

— C'est vrai que c'est bizarre, mais l'odeur ne correspond pas toujours au goût !

Elle fait un faux mouvement et manque de nouveau s'entailler la main... Mais qu'est-ce qu'elle a ?

— N'y touchez pas, malheureuse ! C'est du poison pour les rats !

Bon argument ! Yvonne me fixe un instant pour être certaine que j'ai bien compris l'information[52]. Je déglutis... Elle prépare du poison pour les rats avec les mêmes ustensiles de cuisine que ceux destinés à notre nourriture ? Elle est dingue ou quoi ? Enlevez le « ou quoi », elle est dingue tout court ! Comme si de rien n'était, Yvonne se remet à la tâche, sans plus un mot. Elle ne semble pas apprécier mon interruption et tranche le tubercule de mouvements vifs.

Je me fais aussi petite que possible, installe Clotilde dans la chaise haute que nous avons apportée (« voiture de bourgeois » et gnagnagna !) et lui prépare son petit-déjeuner. Le temps que je sorte les affaires,

---

[52] Bon d'accord, je suis gourmande mais, de là à tout goûter, il y a un pas que je ne franchirai pas ! Surtout concernant une mauvaise soupe qui sent le pipi de vieux chat et qui s'avère être du poison pour les rats... Beurkkk !

Yvonne a terminé sa découpe, jette dans l'eau frémissante les derniers bouts de racines (du coup, cela ne doit pas être du panais...) et nettoie la table avec une énergie peu commune. Tu m'étonnes ! C'est une enragée du ménage ! Au moins sur ce point, c'est rassurant. Il faut dire que l'odeur est vraiment spéciale et elle n'a peut-être pas envie que tous ceux qui prendront leur petit-déjeuner aujourd'hui enduisent leurs pyjamas avec du poison.

Je hausse les épaules. Je savais qu'ils étaient à moitié fous dans cette famille, mais il semblerait que la moitié saine ait choisi de partir en vacances cette année !

Satisfaite de son œuvre, Yvonne baisse le feu sous le bouillon et sort un instant de la cuisine. Cloclo, qui avale un yaourt, la suit d'un regard intéressé. Force est de constater que ma fille est aussi gourmande que moi. Elle a bien compris que sa mamie Yvonne pouvait créer des choses très intéressantes dans une cuisine. Un peu déçue par ce départ, Cloclo se concentre sur son biscuit à la cuillère. Ce qui est pris, est pris. Pendant ce temps, je me sers un café, un grand café, et je m'effondre sur une chaise à côté de ma fille.

Yvonne revient un moment plus tard, sentant le savon et... avec une boîte de madeleines, faites maison, entre les mains. Je retire ce que j'ai dit ! Bénie soit cette femme ! Avec mon café, c'est divin ! Elle s'assied en face de moi et se sert un thé noir odorant. Entre le thé, le café et les madeleines, l'odeur de pipi de vieux chat s'atténue. Cloclo râle pour que le petit personnel[53] la descende de sa chaise. Je m'exécute et elle se précipite

---

[53] Oui, vous avez bien deviné, c'est moi !

aussitôt vers sa grand-mère et sa boîte de gâteaux.

— Qu'avez-vous prévu de faire aujourd'hui ? me demande Yvonne en cédant une nouvelle madeleine à sa petite-fille.

Je hausse les sourcils. En vérité, à cinq heures et demie du matin[54], mon premier jour de vacances, un jour de réveillon, je n'ai rien prévu. Absolument rien. Le néant. Le vide absolu. Toutefois, je me demande si cette réponse pourrait paraître convenable à une femme capable de se lever à cinq heures, pour préparer un bouillon de onze heures pour rats, puis briquer une table à se voir dedans.

Il faut que je trouve quelque chose d'intelligent à dire...

— Je ne sais pas trop. Je pense que nous allons profiter du jardin avec les enfants, puis nous ferons un peu de peinture ou du dessin... Quelque chose comme ça.

Elle acquiesce, un peu lointaine. Soudain, elle saute sur ses pieds, coupe le gaz sous le bouillon et éloigne la casserole du feu. Yvonne a des réflexes impressionnants ! Sa mixture s'apprêtait à déborder.

— C'était moins une, remarqué-je.

— Oui, acquiesce-t-elle un peu tendue.

Elle relègue la casserole dans l'évier et observe avec soin le feu. Je n'avais jamais remarqué que ma belle-mère était une telle maniaque du ménage... À la réflexion, j'aurais pu m'en douter. Son intérieur est toujours impeccable !

— Et vous, Yvonne, qu'avez-vous prévu[55] ?

---

[54] La demi-heure fait toute la différence pourtant, puisque j'en suis à ma troisième tasse de café...

[55] Simple politesse... Je vous l'ai dit, je sais parfois être polie ! Surtout quand il y a des madeleines !

En dehors d'empoisonner tous les rats du quartier et la moitié de la famille grâce à vos expériences culinaires, j'entends...

— Oh, moi, vous savez, comme d'habitude. Tableau des tâches ou pas, je vais cuisiner. Au moins, je serai sûre de ce que nous mangerons.

Je me passe de répondre. Tant que ce n'est pas de la soupe aux rats empoisonnés, cela me va !

À ma connaissance, Louise-Marie, Madame Parfaite, est plutôt bonne cuisinière[56] et je ne suis pas certaine qu'elle sera ravie de se faire éjecter de sa propre cuisine un jour de réveillon... Bref, je confirme mon premier choix, je vais investir le jardin avec les enfants pour laisser la mère et la fille s'écharper en paix dans la cuisine.

† ☠ †

---

[56] Je vous en ai déjà parlé. C'est même sa seule qualité !

Chapitre 8.

Des activités en plein air !

« **I**l n'y a pas plus sourd que celui qui ne veut pas entendre » dit le proverbe. Est-ce qu'ils avaient songé à celui qui ne veut rien comprendre ?

Quand Gabin me voit sortir avec les enfants dans le jardin - à la recherche de leur papounet qui s'est vaillamment inscrit à la tâche « ramassage des feuilles » avec son beau-frère préféré, Xavier -, ni une ni deux, l'imbécile bondit vers son tableau et ajoute mon nom et les initiales « PC » - comprendre Philippe et Clotilde - dans la même case. Nous nous retrouvons donc à cinq pour ramasser les feuilles ce dimanche matin. Vous me direz cinq ou dix-huit, c'est un peu pareil pour moi, puisque je n'ai pas l'intention de lever le petit doigt. Toutefois, je n'ai pas du tout apprécié le petit air supérieur que j'ai surpris sur la face idiote de Gabin. Cet abruti est certain que je suis rentrée dans le rang... Accroche-toi fermement à tes espoirs, camarade, va y avoir du vent !

Je suis donc installée dehors, dans un rayon de soleil, les fesses au frais sur un rebord de fenêtre, à surveiller les enfants jouer dans les feuilles. Je respire le grand air, il fait beau, quoique un peu frisquet, mais c'est revigorant. Les enfants ont les joues rouges à cause du froid et de l'excitation. Ils courent comme des fous depuis vingt minutes et éparpillent tout autour d'eux. Braves petits ! De l'autre côté de la maison, leur père et leur oncle s'emploient à ramasser les monceaux de feuilles mortes accumulées depuis des décennies, pendant que, de notre côté, Philippe et Clotilde sont occupés à disperser les rares feuilles qui étaient parvenues à se regrouper grâce au vent. Chacun est à sa tâche... y compris le contremaître que je vois arriver, tel un taureau en furie, du coin de l'œil.

Gabin est écarlate de rage. Je crois même qu'il s'est claqué deux ou trois vaisseaux au coin du nez à force d'énervement.

— Je peux savoir ce que tu fous ? braille-t-il.

Je l'ignore. Je suis dans mon rayon de soleil. Je suis en vacances, les enfants jouent dehors et leur oncle est une andouille de classe mondiale. Tout est normal.

Il se colle devant moi, me cachant le soleil... « Ôte-toi de mon soleil » aurait dit Diogène à Alexandre le Grand... Du coup, je m'interroge : si Diogène de Sinope s'est autorisé à parler ainsi au roi de Macédoine, comment suis-je supposée m'adresser à Cornichon Ier, roi des Glandus ?

— N'ai-je pas été assez claire hier soir ? persiflé-je.

Franchement, c'est poli ! Je suis à mon maximum en termes de diplomatie. Là, je ne peux pas faire mieux[57] !

— Allez, c'est reparti ! La bourgeoise...

— La bourgeoise t'emmerde ! explosé-je.

Bon, d'accord. Niveau diplomatie, je baisse, mais Cornichon Ier n'est pas Alexandre le Grand non plus !

---

[57] J'espère que vous êtes même impressionnés par mon calme !

Le camarade brailleur en reste sidéré. Il est trop habitué à étriller les Martin du Desclin, trop engoncés dans leur stricte éducation et leurs principes pour lui répondre... Éducation et principes qui ne les protègent ni de la frustration, ni de la contrariété de s'être laissé écraser les orteils, soit dit en passant. Pour ma part, je sais être polie quand il se doit mais, là, je n'ai pas envie.

Je me redresse de toute ma hauteur. Avec mes bottes à talons, je frôle le mètre quatre-vingt et je ne suis pas une fine gazelle. Gabin recule. Oui, Cornichon Ier - j'aime bien ce surnom, je crois que je vais le garder - tu es peut-être tombé sur un os. Je ne suis pas ta gentille petite femme, qui se laisse écraser depuis des années. Je ne suis ni frêle, ni soumise, ni gentille, ni fragile. Je suis une femme de mon siècle, grande, sportive et adepte du Krav-Maga. Alors, mon grand, si tu me cherches, tu vas me trouver.

Cornichon Ier frôle la crise de nerfs. Il me toise avec dégoût, consternation et colère. Pauvre Cornichon Ier, est-ce si difficile d'expérimenter la contrariété à ton âge ? N'as-tu donc jamais appris les limites ?

— Tu vas te mettre au boulot comme les autres ! gronde-t-il.

— Et toi, tu vas arrêter d'imaginer que je vais retaper ta baraque pendant les vacances ! Je ne vais rien faire du tout et mes enfants non plus !

— Sors de chez moi ! Dehors !!!!

Il explose, râle, hurle, trépigne, et se montre sous un jour encore plus grotesque qu'à l'accoutumée. Un gosse de deux ans ne ferait pas pire caprice. Ses hauts cris attirent à nous Pierre-Marie et Xavier, chargés de leur râteau et pelle respectifs.

— Mais qu'est-ce qu'il se passe ici ? crie mon époux pour se faire entendre.

Cornichon Ier se tourne vers lui, sûr de son bon droit. Enfin un Martin du Desclin à humilier... ou peut-être pas. Pierre-Marie a jeté un coup d'œil aux enfants qui nous regardent les yeux écarquillés, la surprise et la peur se mêlant dans leur expression. Puisque je ne suis plus le centre d'intérêt de cet abruti, je rejoins les enfants en trois enjambées.

— Pourquoi il crie ? demande Philippe. Je veux pas qu'il te crie dessus !

— Ne t'inquiète pas, mon poussin, oncle Gabin est en colère, mais il va se calmer.

— Soit ta bonne femme et tes gosses se mettent au boulot, soit vous dégagez de chez moi !

— Ce n'est pas chez toi, répond avec calme Pierre-Marie.

Pardon ? Mais, dans ce cas, nous sommes chez qui ? Je jette un coup d'œil à Xavier, qui a l'air aussi étonné que moi... Tiens donc, les Martin du Desclin nous cacheraient-ils encore quelques petits secrets ?

Une image me revient soudain en tête. Pierre-Marie m'annonçant que nous n'aurions pas un sou à la mort de son père, puisque ses parents avaient modifié leur régime matrimonial et opté pour la communauté universelle. J'avais alors levé les yeux au ciel et répondu que je m'en préoccupais comme d'une guigne, puisque cet argent leur appartenait à eux, pas à nous. Au petit sourire satisfait qu'avait eu mon mari, j'avais pris conscience d'avoir bien répondu à une question piège...

Étrange la mémoire. Les idées vont et viennent dans un ordonnancement complexe, suivant leur propre logique. Si nous ne sommes pas chez Gabin, chez qui sommes-nous ? Yvonne ? Cela expliquerait l'agressivité ambiante... En dépit de son gros salaire, il ne serait pas chez lui, mais chez sa belle-famille... D'où le tableau des tâches. Il n'a pas l'intention de lever le petit doigt pour entretenir le bien d'autrui et profite de l'occasion d'une réunion de famille pour régler ses comptes. Il y aurait donc une certaine logique dans cette folie... De toute façon, logique ou pas. Je ne lèverai pas le petit doigt.

Je me redresse et fais signe aux enfants de me suivre. Je n'ai pas pour habitude de laisser traîner mes oreilles. Peu m'importent les petits arrangements familiaux des Martin du Desclin. Je veux juste passer une journée tranquille.

— Venez les enfants, nous allons regarder le travail que papa et tonton ont fait !

Clotilde me suit en courant, bien contente de pouvoir s'éloigner des hommes, qui parlent un peu trop fort à son goût, mais Philippe hésite. Il reste en arrière.

— Tu ne veux pas voir la piste d'atterrissage du père Noël ? l'interrogé-je.

Philippe roule des yeux comiques. A-t-il bien compris ?

— La piste d'atterrissage du père Noël ? répète-t-il.

— Oui, mon poussin ! Pourquoi crois-tu que papa et tonton travaillent depuis ce matin ? Il faut bien nettoyer un peu le jardin, si nous voulons que le père Noël puisse poser son traîneau !

— Ouahhhhhh !!!! s'enthousiasme mon petit bonhomme.

Il est ravi et galope vers nous, les yeux pleins d'étoiles. Et, là, tout se passe comme dans un ralenti de film, à part que c'est la réalité. Ce taré de Gabin tend la jambe au moment où Philippe passe à côté de lui et fauche son neveu qui s'envole un instant, avant de s'écraser au sol. Xavier, le plus proche, lâche sa pelle et se précipite vers Philippe, qu'il relève à peine tombé au sol.

Je vois rouge. Non, noir. Un voile de ténèbres tombe sur mon esprit. Je cours, saisis la pelle, fais un tour sur moi-même et fracasse la face d'abruti de ce connard dans un superbe mouvement circulaire. Il tombe, je lève à nouveau ma pelle et vais l'écraser sur ce parasite, quand mon mouvement est stoppé net.

— Arrête ! Tu vas le tuer ! me crie Pierre-Marie juste derrière l'oreille.

Je reprends mes esprits et lâche la pelle que mon époux a saisie à deux mains. J'ai les yeux fous, je le sens. J'ai pris un shoot d'adrénaline comme rarement dans ma vie. Mes lèvres se relèvent sur mes dents, dans un réflexe venu du fond des âges.

— Si tu t'approches encore de lui, je te tue.

J'ai dit ça avec calme, comme une évidence. Ce n'est pas une menace, c'est un fait. Cet ahuri a éveillé en moi la mère-louve, celle qui crèvera sur place plutôt que de laisser ses petits se faire manger.

Je me détourne. Je ne veux plus le voir. Je veux rentrer chez moi.

Chapitre 9.

Retour au calme

De l'autre côté du jardin, j'entends vaguement les vociférations de Gabin. Il se plaint, geint, crie soudain pour me menacer d'un procès, il veut de l'argent, beaucoup d'argent, il est défiguré, je l'ai menacé de mort... J'entends les voix de Pierre-Marie, de Xavier et, bientôt, celle de Louise-Marie et d'Yvonne qui se joignent à la cohue. Bref, je tiens Philippe contre moi. Il va bien. Il a pris un beau vol plané, mais l'atterrissage n'a pas été trop dur. Il s'est égratigné les mains, le nez et le front, mais ça va. Il a été si surpris, qu'il n'a pas pleuré. Je m'assieds sur un tronc d'arbre, couché sur le sol, et j'examine de plus près les plaies de mon fils. C'est superficiel. Clotilde est à côté. Elle est stupéfaite, muette. Elle ne sait pas comment réagir. Du haut de ses deux ans, elle comprend que quelque chose de grave s'est passé, mais cela lui échappe. Elle mordille son poing, faute de mieux, tordant mon pull dans son autre mimine.

Je tremble un peu. Sûrement l'adrénaline. Je vais mettre deux jours à descendre, vu la dose que j'ai prise. Du coin de l'œil, je vois Rose-Marie arriver. Elle court vers nous, une trousse de secours à la main. Je souris.

Je la comprends. Entre son beau-frère et son neveu, elle court vers le plus petit, mais c'est le grand qui aurait le plus besoin de ses soins.

— Ça va ? demande-t-elle.

À ma grande surprise, elle se penche vers moi. Elle a jeté un coup d'œil à Philippe, a vite compris que c'était juste des bobos et se tourne vers celle qu'elle croit la plus mal en point. Moi... Elle soulève ma paupière, fixant ma pupille.

— La vache, t'as pris une de ces montées ! Tu as les pupilles toutes dilatées à cause de l'adrénaline.

Elle presse deux doigts sur ma gorge et regarde sa montre.

— 105, ce n'est pas bon ! Faut que tu descendes. L'adrénaline est une super hormone de survie, mais elle n'est pas sans conséquence. Tu souffres de problèmes cardiaques ? D'hypertension ? Des antécédents familiaux ?

— Non.

— Tu fais du sport ? Du cardio ?

— Du Krav-Maga.

Elle a un mouvement de surprise, un peu choquée.

— Du Krav... ? s'étouffe-t-elle. Ton cœur doit être solide alors...

Elle pianote sur son téléphone et me le tend.

— Pendant que je soigne Philippe, tu vas regarder ça. C'est une vidéo de cohérence cardiaque. Pieds au sol, dos bien droit, tu suis la petite bille des yeux. Pendant qu'elle monte, tu inspires, quand elle descend, tu expires.

Je regarde ma belle-sœur, comme si c'était la première fois que je la voyais. Elle s'inquiète pour moi... Étrange. Vu de mon moi intérieur, je vais bien. J'ai perdu les pédales un instant, j'ai défendu mon fils et, maintenant, ça va. Il s'est fait mal, mais rien d'irréparable et, quant à moi, c'est vrai que je suis sur le qui-vive et que mon cœur bat vite, mais ça va...

— Pas la peine de t'alarmer, Rose-Marie, je vais bien.

Elle me fixe un instant. Sceptique.

— Si Pierre-Marie ne t'avait pas arrêtée, tu aurais frappé combien de fois ?

Touché. Je ne sais pas. Probablement trop. D'autant que le premier coup a été porté avec le plat de la pelle, mais que le second allait toucher avec le tranchant. C'est vrai, j'aurais pu le tuer[58]. Un bon point pour toi, « Pierrot d'amour ».

— D'accord.

Je prends le téléphone et je lance la vidéo. Clotilde est cramponnée à ma jambe, elle observe sa tante. La bille monte sur fond d'une musique méditative, j'inspire. La bille descend, j'expire. J'inspire. J'expire. J'inspire. J'expire. Je baille soudain. Je suis crevée. La bille monte, j'inspire. La bille descend, j'expire. C'est hypnotique son truc. J'ai l'impression que toute la fatigue du monde me tombe sur les épaules. J'inspire. J'expire. J'inspire. J'expire.

L'exercice se termine et je me sens mieux. Plus fatiguée, mais plus posée. Rose-Marie finit de nettoyer les plaies de Philippe. Un peu de mercurochrome par-ci, un pansement avec un beau nounours par-là et mon fils est tout neuf.

— Merci, Rose-Marie.

Elle sourit. Un vrai beau sourire franc, cette fois-ci.

— Je t'en prie ! Je vais t'envoyer le lien vers la vidéo et tu vas me promettre de faire cet exercice de

---

[58] Note pour plus tard : règle n°5 – éclater les cons à coups de poings. Éviter d'utiliser la pelle de la règle n°4.

cohérence cardiaque à chaque fois que tu te sentiras oppressée.

— D'accord, dis-je avec une étonnante docilité.

— C'est valable pour aujourd'hui et tous les jours de ta vie, dit-elle en m'adressant un clin d'œil.

Rose-Marie ? Un clin d'œil ? C'est moi qui aie pris le coup de pelle ou quoi ? J'ai des hallucinations ? Mais qu'est-ce qu'il leur prend aux Martin du Desclin à être gentils d'un coup ? Franchement, c'est stressant ! D'abord, Yvonne, maintenant, Rose-Marie. Heureusement que Cornichon Ier est là pour me ramener à la réalité, sinon je pourrais me poser des questions sur ma santé mentale !

✝ ☠ ✝

*L*e déjeuner est étrange. Silencieux. Calme. Presque normal. L'absence des hôtes apaise beaucoup les tensions. Sans Cornichon Ier pour nous houspiller à chaque instant, chacun recouvre une certaine sérénité. Depuis le départ de Gabin et Louise-Marie en direction des urgences - et je tiens ici à présenter mes plus plates excuses au corps médical, qui se retrouve confronté à ces andouilles à cause de mon superbe coup de pelle -, la famille s'est apaisée comme rarement. Pas de cris, pas de menaces, pas d'insultes... C'est reposant ! Je serais presque contente de ce séjour... J'ai bien dit « presque » !

À cet égard, je voudrais être fixée sur un point : je veux rentrer à la maison, mais mon époux ne semble pas du même avis. Je ne comprends pas. J'ai quand même collé un coup de pelle à mon beau-frère, qui a lui-même fait un croc-en-jambe à mon fils. Sans me montrer pessimiste, je pense que nous ne sommes pas dans les meilleures dispositions pour fêter Noël ensemble ! Toutefois, ma belle-famille ne paraît pas le moins troublée par ces événements fâcheux. Je m'interroge. Suis-je la seule saine d'esprit en ce lieu ? Compte tenu du fait que j'assomme mon prochain à coups de pelle, je vous laisse imaginer le degré de dangerosité des autres. Si ça continue à ce rythme, ce n'est pas le père Noël qui va débarquer ce soir, mais le clown de « Ça » ou Cthulhu en personne[59] ! Je vais peut-être garder la pelle à portée de main, finalement... Bref. Je veux rentrer chez moi, j'ai frappé mon beau-frère stupide et je suis la seule à m'en émouvoir ! Si j'avais su que je pouvais frapper à grands coups de pelle tous ceux qui me déplaisaient dans cette famille, sans provoquer de scandale, j'en aurais déjà distribué un certain nombre, croyez-moi ! Toutefois, bien que cette perspective soit alléchante, je ne souhaite pas inculquer à mes enfants l'idée selon laquelle les problèmes se règlent à grands coups d'objets contondants - aussi pratique que puisse paraître cette option -. Par conséquent, je suis bien décidée à partir aussi vite que possible du manoir Adams bis !

Le repas se termine et j'espère pouvoir discuter avec Pierre-Marie, mais il s'efface aussitôt en compagnie de sa sœur, me laissant seule en compagnie de Xavier et d'Yvonne. Je suis d'accord avec vous, cela aurait pu être pire. Je me lève pourtant d'un air décidé.

— Où vas-tu ? me demande Xavier.

— Je vais préparer les bagages, nous partons.

---

[59] Pour ceux qui ne connaissent pas (honte à vous !), je fais référence aux incroyables livres de Stephen King et de Howard Phillips Lovecraft. Je préviens les curieux, l'ambiance est un peu plus tendue que dans mon récit présent... À bon entendeur, salut !

Yvonne et Xavier me dévisagent tous deux sans mot dire. Je hausse les épaules, je n'ai jamais aimé être le centre de l'attention.

— Je ne vais tout de même pas rester ici ? J'ai quand même frappé le maître des lieux, tenté-je d'expliquer.

Yvonne se détend, ce qui est pour le moins surprenant.

— Je suis le maître des lieux, Chloé, et tant qu'il en sera ainsi, vous serez la bienvenue sous mon toit.

Je ne tente même pas de cacher ma surprise. Ainsi, avais-je raison... Étrange comme de petits détails, mis côte à côte, peuvent brosser un tableau proche de la vérité.

— Je vous remercie, Yvonne, mais j'ai tout de même frappé votre gendre, qui avait lui-même fait tomber mon fils...

— Vous avez fait ce que chacun de nous rêve secrètement de faire depuis des années... tranche Yvonne.

Mes sourcils rejoignent presque la racine de mes cheveux... Il n'y a pas à dire, depuis qu'Yvonne s'exprime en toute liberté, cela vaut le détour.

— L'ambiance va être épouvantable, continué-je d'argumenter.

— Davantage que d'habitude ?

D'accord, alors là, j'avoue qu'Yvonne m'effraie un peu... Soit, pendant plus de quarante ans, cette femme a écrasé sa véritable personnalité pour plaire à son mari et maintenant la bête est libérée, soit elle est le chef incontesté d'un clan mafieux auquel j'appartiens sans le savoir, soit un démon des enfers a pris possession d'elle et se révèle être beaucoup plus sympathique que l'originale... Que se passe-t-il ? Où sont passés les snobs qui me servaient de belle-famille ? Les Martin du Desclin sont-ils en vérité des tueurs réglant leurs différends à grands coups d'armes tranchantes ? Gabin a-t-il déjà été éjecté de la famille sans le savoir ? Suis-je la prochaine sur la liste ?

Mon regard se pose sur Xavier. Comme d'habitude, il sourit avec bonhomie, imperméable à ce qui l'entoure.

— Tu ne vas tout de même pas traverser la France un 24 décembre et passer le réveillon sur la route ? s'enquiert-il soudain. Si cela peut te rassurer, je t'assure que ni toi, ni les enfants n'aurez à souffrir de la bêtise de Gabin de nouveau. Pierre-Marie et moi avons été très clairs à ce sujet tout à l'heure.

Yvonne m'observe avec acuité. Elle semble soudain me considérer avec une bienveillance que je ne lui connaissais pas.

— Ce qui s'est passé tout à l'heure est inacceptable, Chloé. Un homme adulte ne doit jamais lever la main sur un enfant. Que Gabin ait sciemment fait tomber Philippe est inqualifiable, mais je peux vous assurer qu'il ne se passera rien de fâcheux ce soir. Absolument rien. Quant à votre comportement, en tant que mère, je peux comprendre que vous ayez réagi avec vigueur à l'agression qu'avait subie votre fils. Il y a longtemps que quelqu'un aurait dû remettre cet imbécile à sa place. La leçon est venue de vous et, quoique la méthode soit discutable, je vous en remercie tout de même.

Yvonne me quitte des yeux et son regard se perd dans le vide. Dans un soupir, elle articule à peine :

— Reste à savoir si cela suffira.

Je ne suis pas certaine que Xavier ait saisi le sens de ses paroles mais, pour ma part, je m'interroge. Reste à savoir si un coup de pelle en pleine face suffira à quoi ?

Vu la force que j'ai mise dans le coup, j'ai dû *a minima* lui enfoncer une pommette. Bien content que je ne lui ai pas fracassé le nez. Je sais qu'il va porter plainte contre moi et il aura raison. Je n'aurais pas dû m'armer pour le frapper. J'aurais dû user de mes seuls poings, cela aurait été moins destructeur. Je sais que je n'aurais pas dû perdre mon sang-froid. Oui, je défendais mon fils, mais Gabin ne l'a pas giflé, il ne l'a pas frappé, il lui a fait un croche-pied. C'est méchant, c'est stupide, c'est exaspérant de bêtise et de médiocrité, mais Philippe s'en est sorti avec quelques égratignures. Ma riposte était disproportionnée, donc je vais avoir des ennuis. Soit, je paierai ce qu'il faudra pour compenser. Toutefois, je semble être la seule à avoir conscience de cette réalité. Un coup de pelle en pleine tête ne peut pas être la réponse adéquate à la malveillance immature d'un adulte. Pourtant, tous paraissent s'accorder sur le fait qu'il avait bien mérité son coup de pelle... Alors, je m'interroge. De quoi parlons-nous en réalité ?

Je me rassieds à ma place, à côté de Xavier. Il pose une main chaleureuse sur la mienne et me tapote gentiment... comme on tapoterait un animal en colère pour le calmer... Le problème, c'est que je ne suis plus en colère. Je suis inquiète, suspicieuse et sur mes gardes, mais je ne suis plus en colère. La colère embrouille l'esprit et, croyez-moi, je sens qu'il va falloir que j'aie les idées claires !

La guérilla sournoise selon Chloé[60]

Règle n°1 : déstabiliser l'adversaire.

Règle n°2 : manipuler l'adversaire.

Règle n°3 : annihiler l'adversaire.

Règle n°4 : avoir une bonne pelle en cas de besoin.

Règle n°5 : éclater les cons à coups de poings. Éviter d'utiliser la pelle précitée.

---

[60] Mise à jour n°1 du tableau en fonction des événements.

Chapitre 10.

Des activités artistiques !

---

près la sieste, les enfants sont en pleine forme, moi aussi. Je me suis étendue avec eux, mais je vous rassure, je n'ai pas dormi. Quand Pierre-Marie a entrebâillé la porte, je l'ai observé entre mes paupières à peine ouvertes. Il a fait un pas dans le cagibi, a hésité un instant, puis est reparti. Toi, tu me caches des choses, mon bonhomme... Passer Noël en famille ? J'aimerais bien savoir ce qu'il se passe dans ta famille, justement. C'est trop différent, trop suspect, trop... tout ! J'ai l'impression d'avoir changé de vie, comme si tous les gens de cette famille étaient normaux, sauf moi ! Au début, j'ai cru que tout pouvait s'expliquer par la mort de Louis, le patriarche, mais c'est impossible... Les cartes ont été rebattues et tous les Martin du Desclin semblent faire cause commune, en laissant dans l'ignorance leurs conjoints respectifs. Gabin est ostracisé, je suis mise de côté, reste Xavier. Il a toujours été le plus proche du clan des Martin du Desclin et il se pourrait qu'il soit le seul à être un tant soit peu au courant de ce qu'il se trame. Dès que l'occasion se présentera, je vais faire parler mon pharmacien de beau-frère !

Philippe et Clotilde se ruent dehors tout à leur enthousiasme enfantin. Ils partent observer la piste d'atterrissage du Père Noël ! Philippe arbore avec fierté son pansement-nounours au milieu du front et, bien évidemment, Clotilde trouve inadmissible de ne pas avoir un beau pansement-nounours elle aussi ! Manquerait plus que Gabin en veuille un et ce serait complet ! Pansement-nounours pour tout le monde ! Bref, j'ai gagné un peu de temps en expliquant à Clotilde que je n'avais pas cet accessoire indispensable dans la valise, à la différence de tante Rose-Marie qui en avait une pleine boîte, mais je ne me fais aucune illusion. Mon excuse va durer un quart d'heure maximum. Entre-temps, j'ai plutôt intérêt à mettre la main sur ma belle-sœur et sa précieuse trousse à pharmacie ! Heureusement, le tableau des tâches est là pour m'épauler ! Pratique ce truc[61]. En consultant les colonnes, j'apprends que Rose-Marie est supposée peindre les volets cette après-midi ! Peindre les volets ! Et pourquoi pas refaire le toit pendant qu'on y est ? J'entraîne donc les enfants vers l'atelier peinture pour grands et trouve Rose-Marie ainsi que mon mari en train de repeindre de vieux volets... Il y en a tout un stock... C'est quoi l'arnaque ? Cornichon Ier a acheté un lot de vieilleries et il compte sur nous pour les retaper ? J'observe mon époux à la tâche. Il est appliqué et semble compétent[62]... Revenons-en au but de notre visite : les précieux pansements-nounours !

— Excuse-moi, Rose-Marie, mais aurais-tu un autre pansement-nounours pour Clotilde, s'il te plaît ?

---

[61] Comme quoi, même les cornichons ont une utilité parfois.
[62] Note pour plus tard : Pierre-Marie sait peindre les volets.

Ma belle-sœur jette un coup d'œil professionnel sur sa nièce et fronce les sourcils.

— Elle s'est fait mal ? demande-t-elle.

— Non, elle est jalouse... dis-je en levant les yeux au ciel sans le vouloir.

Rose-Marie laisse échapper un petit rire moqueur et pose son pinceau.

— Je vais te chercher une boîte, dit-elle en riant.

— Tu es parfaite ! m'exclamé-je un peu vite.

Zut, je ne suis pas certaine que Rose-Marie Martin du Desclin ait le sens de l'humour...

— Je sais, répond-elle pince-sans-rire.

Tiens ? Ma belle-sœur peut plaisanter... Encourageant ou flippant, c'est selon le point de vue. Encourageant après quinze ans de snobisme et flippant après quinze ans tout de même ! Mais qu'est-ce qu'ils ont tous ? J'ai l'impression d'avoir été plongée dans une dimension parallèle...

Je la regarde s'éloigner, l'étonnement et l'amusement toujours à l'esprit, quand un bras m'entoure la taille avec fermeté. Bien malgré moi, je sursaute. Je sais qu'il s'agit de Pierre-Marie, mais je suis nerveuse. L'ambiance me tape sur les nerfs.

— Ce n'est que moi, murmure-t-il contre mon oreille.

— J'espère bien que ce n'est pas Gabin, en effet !

J'ai dit cela sans réfléchir, mais je sens mon époux se crisper dans mon dos.

— Tu as peur de lui ? demande-t-il avec un calme froid peu habituel.

C'est vrai que, depuis le début de cette histoire, vous ne m'avez pas vue avec mon mari. Ceux qui ne nous connaissent pas se demandent sans doute ce que nous faisons ensemble. Il est froid, quand je suis expansive.

Il est posé, quand j'explose. Il est dur, quand je suis sympathique. Nous sommes de parfaits opposés, mais nous nous comprenons, nous nous complétons. L'alliance du feu et de la glace. Je suis le feu, il est la glace, mais nous brûlons tous les deux.

— Non, réponds-je sobrement.

Il ne manquerait plus que j'ai peur de cet imbécile.

— Tu devrais.

Pour le coup, c'est moi qui me fige dans ses bras. Je devrais avoir peur de Gabin ? Et pourquoi cela ? Je me retourne d'un coup sec.

— Qu'est-ce que tu me caches ?

Il sourit en coin et ses yeux brillent. Je te connais, mon coco. Quand tu fais cette bille, c'est que tu ne me dis pas tout. Tes yeux brillent parce que tu es fier de mon intelligence, que je ne m'en laisse pas conter par tes beaux yeux et ton physique d'athlète, ça te plaît que je garde la tête froide et que je sois futée.

— Pierre-Marie... insisté-je.

— Tu te fais des idées, dit-il en se détachant de moi.

— Et toi et ta famille, vous me prenez pour une truffe, mais je vais bien finir par comprendre.

Il hausse les épaules sans répondre et reprend son pinceau. La partie est finie... du moins pour le moment.

† ☠ †

Comme de bien entendu, les chiens ne faisant pas des chats, les enfants veulent peindre un volet ! Damnation ! Comment se fait-il que certaines personnes parviennent à partir se bronzer au soleil pendant les vacances, alors que je me retrouve coincée dans une famille de loups-garous, par une nuit de pleine lune - sinon c'est moins drôle - en train de peindre des volets tout pourris ? Je veux savoir où et quand j'ai raté ma vie ! Je veux rejouer la partie, je n'étais pas prête ! Les enfants abandonnent bien évidemment la peinture au bout de quarante-huit secondes top chrono et je me retrouve seule à peindre le volet d'autrui, dans le vent et le froid. Ma vie est merveilleuse. J'étale la peinture sans conviction, quand le bruit d'une voiture trouble ma méditation ronchonneuse. Je n'ai pas besoin de tourner la tête pour savoir que nos hôtes viennent de rentrer, j'entends fuser des « salauds de bourgeois », « refusent de soigner le peuple », « les ouvriers se vengeront » à qui mieux mieux. Bref, Cornichon Ier est de retour et, point positif pour mes finances, il va très bien !

Je me désintéresse de lui et poursuis ma corvée de peinture, tout en gardant un œil sur Philippe et Clotilde, qui ont décidé de ramasser des feuilles - et un peu de boue pour faire bonne mesure -, quand j'entends hurler juste à côté de moi :

— Espèce de salope ! Comment as-tu osé attaquer mon mari !

Je me fige, le pinceau en bouclier levé devant moi, ce qui ne m'empêche pas de recevoir une gifle monumentale en plein sur la pommette. J'en vois trente-six chandelles ! Mes yeux se remplissent aussitôt de larmes, mais j'aperçois une main se lever de nouveau. Mon bras gauche part, je bloque le coup. Mon poing droit frappe au menton. Je repousse le bras adverse, j'attrape l'épaule et j'envoie mon genou dans l'estomac. Le corps se plie devant moi. Retrait. Je recule.

— Nom de Dieu ! Mais vous êtes folles ou quoi ?

Pierre-Marie se précipite entre moi et... Louise-Marie ? Mais, ça va pas ? Je cligne des yeux, de grosses larmes s'écoulent sur mes joues. Je frotte ma pommette endolorie et me rends compte trop tard que je tiens toujours le pinceau plein de peinture blanche... Je veux rentrer chez moi ! Louise-Marie se tord comme un ver sur le sol. C'est la *comedia dell'arte* ou quoi ? Elle m'agresse, je riposte et tu vas voir que je vais encore passer pour la méchante !

— Tu es aussi tarée que ton mari ! m'indigné-je.

— Salope ! Garce ! Punaise ! Raclure ! Ignominie !

Niveau insulte, Louise-Marie repassera. À part « salope » et, à la limite, « raclure », le niveau est bien bas !

— Tu vas te calmer ! braille Pierre-Marie en direction de sa sœur.

Tiens, « Pierrot d'amour » commence à en avoir soupé de sa famille... J'hésite à trépigner de joie et d'enthousiasme, nous allons peut-être rentrer à la maison plus tôt que prévu !!!

Il la relève. Observe son menton tout rouge. Je ne l'ai pas raté... Aïe... Si son menton a cette couleur, mon poing doit avoir la même... Je regarde... Ohhhh, j'en ai marre ! J'ai mal tapé et je me suis éclatée la main ! Résultat : je fous du sang partout. Je sors un mouchoir de ma poche et le serre autour de mon poing. Eh bien, bravo ! Merci pour cet accueil inoubliable les Martin du Desclin ! C'est avec un plaisir immense que je participe à vos fêtes de famille ! Louise-Marie étant sur pied et m'insultant toujours copieusement, malgré les récriminations de son frère, je fais signe aux enfants de me suivre et je rentre dans la maison. Le calme de mon cagibi me manque !

Je suis sur le point d'atteindre mon objectif, quand Rose-Marie évite de peu de me renverser en sortant comme une folle de la maison avec une boîte de pansements-nounours… Je l'avais oubliée. Elle a les joues roses et pique un phare en me voyant… Pansements-nounours ? Tu parles, Charles ! Je constate que certains réussissent à prendre du bon temps, pendant que les autres se font boxer !

Elle me regarde, sidérée.

— Mais qu'est-ce qui t'es arrivée ?

— Je me suis fait attaquer par ta sœur !

— Quoi ? croasse-t-elle.

Rose-Marie n'en croit pas ses oreilles, mais elle est bien obligée de croire ses yeux. Avec mes grosses larmes, ma pommette brûlante, la peinture sur mon visage, le sang qui imbibe le mouchoir autour de ma main, elle en perd la respiration. Bouche bée, elle suffoque, incapable du moindre mouvement.

— Oui, mais maman s'est pas laissé faire ! intervient Phiphi.

Je sens une petite main se cramponner à mon pantalon. Cloclo mange son poing de plus belle. Elle a eu peur… Merde ! Que je me fasse boxer, c'est une chose. Que cette abrutie de Louise-Marie le fasse devant mes enfants, c'en est une autre ! Des larmes de fureur surgissent dans mes yeux. Marre de ces yeux qui coulent ! Je m'essuie d'un geste rageur, ajoutant du sang à mes peintures de guerre.

— Xavier !!!!!!! crie soudain Rose-Marie vers le couloir.

Rose-Marie passe un bras autour de mes épaules avec délicatesse et m'administre quelques tapes amicales. Xavier, essoufflé, arrive en courant de toute sa bonhomie et ses yeux manquent de jaillir de sa tête de surprise.

— Mais !!! s'étrangle-t-il. C'est Gabin ? demande-t-il d'une voix empreinte de colère.

Il est indigné. J'aime cet homme. Je crois bien que c'est le seul que j'aime vraiment dans le lot... et sa femme aussi... Elle progresse. Je vois passer Rose-Marie, qui entraîne les enfants avec elle, leur promettant des biscuits de mamie. Elle leur dit de ne pas s'inquiéter, maman est costaude, elle va aller très bien, très vite. Tonton Xavier va s'occuper d'elle.

— Non, c'est Louise-Marie, réponds-je dans un hoquet.

J'en ai marre... Marre de chez marre. Je veux rentrer chez moi !

— Mais ils sont tous tarés ou quoi ? beugle Xavier.

Je ne peux m'empêcher de rire. Il est si scandalisé, si outragé et si élégant à la fois que le contraste me fait rire. Il me regarde avec un air désolé et, comme si j'étais une poupée de porcelaine, il me prend la main avec délicatesse et m'entraîne à sa suite. Ce geste me perturbe et je sens la crise de nerfs poindre. Suis-je trop fatiguée ? Suis-je triste ? Suis-je stressée ? Je ne sais pas. Xavier m'entraîne vers l'étage et m'installe sur une chaise dans sa chambre. Une belle chambre, grande, bien meublée, chaude et accueillante... C'est la goutte d'eau. Je me mets à pleurer comme une fontaine, comme l'idiote que je suis ! Je m'étais bien juré de ne plus jamais pleurer à cause de ces gens ! Je suis de nouveau en colère ! Je préfère ça. Xavier a sorti une trousse à pharmacie énorme. Il a couru chercher de l'eau et nettoie mon visage avec soin. Il râle contre la peinture qui s'accroche à ma tempe et s'incruste sur ma joue tuméfiée.

— Tu vas avoir un gros bleu, me prédit-il...

Je vais être trop mignonne sur les photos de famille ! Pourquoi m'a-t-elle frappée ? C'est illogique ! Elle n'est pas dingue de son mari au point de perdre la boule... Je n'y comprends rien. Son mari fait tomber mon fils, je riposte, elle me cogne... Ça s'arrête où ? Ça s'arrête quand ? Tant qu'il n'y a pas un mort sur le champ de bataille, on continue, c'est ça ?

Xavier étale une crème qui sent mauvais sur ma joue, mais ça fait du bien... Elle est bizarre sa crème. C'est un pot en verre, sans étiquette.

— C'est quoi ? m'enquiers-je en montrant le récipient du menton.

Xavier sourit.

— Ne t'inquiète pas, ce n'est pas du poison. Tu te souviens que je suis phytothérapeute en plus de pharmacien, n'est-ce pas ? C'est une crème contre les coups, à base de camphre et d'arnica...

Je hoche la tête. J'avais oublié cette spécialité de mon beau-frère... Je ne sais pas depuis combien de temps je suis avec lui, mais ça m'a fait du bien que quelqu'un s'occupe de moi... C'est vraiment mon préféré dans cette famille de fous... Au fait, c'est aussi le préféré du reste de la famille, alors peut-être que lui pourra me renseigner !

— Xavier, qu'est-ce qu'il se passe ?

Il se fige un instant et me regarde dans les yeux.

— Qu'est-ce qu'ils ont tous ? insisté-je.

Je préfère préciser ma pensée. Xavier hoche la tête et jette un regard par-dessus son épaule. Personne. Il y a bien quelque chose et il est au courant.

— C'est à cause de l'héritage.

— Pardon ?

J'en reste confondue. L'héritage ? Mais quel héritage ?

Xavier sourit de toutes ses dents.

— Toi, au moins, tu n'es pas une femme intéressée ! Tu sais bien que Louis est mort, n'est-ce pas ?

— Oui et alors ? Tout revient à Yvonne, c'est ça ?

— Oui, mais seulement parce qu'ils ont modifié leur régime matrimonial l'année dernière.

Un gros point d'interrogation doit flotter au-dessus de mon crâne, parce que Xavier comprend qu'il doit poursuivre ses explications.

— S'ils n'avaient pas modifié leur régime matrimonial, les biens de Louis seraient revenus en partie à ses enfants. Cependant, Louis a décidé que les enfants hériteraient après la mort de leur mère et a opté pour le régime de la communauté universelle. Ainsi, tous les biens du ménage reviennent au dernier survivant, sans que la succession du premier décédé ne soit ouverte.

Je hausse les épaules.

— Et alors, c'est leur argent ! Ils en font ce qu'ils veulent.

Xavier acquiesce.

— Je suis bien d'accord avec toi, mais ce n'est pas l'avis de Gabin.

— Il conteste le changement de régime matrimonial ?

— Il ne peut pas, puisque son épouse a accepté ce changement. Les trois enfants d'ailleurs ont accepté...

— Je sais mais, comme je l'ai dit, ce n'est pas notre argent !

Xavier acquiesce une nouvelle fois.

— Effectivement, ce n'est pas notre argent, mais il semblerait que Gabin ait cru épouser une héritière et qu'il va devoir patienter, encore, avant de toucher le pactole.

Je n'aime pas du tout cette réflexion. Si tel est l'état d'esprit de Gabin, il n'y a plus qu'Yvonne qui le sépare de l'argent qu'il convoite... Je comprends mieux pourquoi Pierre-Marie a insisté pour venir. Il n'aurait pas pu me le dire ce benêt ? En revanche, je pense que c'est cuit : on ne rentrera pas à la maison… E. T. veut téléphoner maison !!!

Chapitre 11.

L'esprit de Noël ? C'est quoi ça ?

En parlant du benêt, mon mari déboule comme un fou et manque renverser le pauvre Xavier qui se trouvait sur sa route. Il m'attrape, me lève et m'écrase contre lui. Mais qu'est-ce qu'il lui prend ? Il devient fou ou quoi ? J'ai juste pris une gifle, on ne va pas en faire un drame... Si je dois être honnête, j'ai fait bien plus mal à mes adversaires qu'ils ne m'en ont fait.

— Je suis tellement désolé, murmure-t-il contre mon oreille. Tellement, tellement, tellement désolé.

Je l'observe. Soit ma joue a gonflé et je ressemble à Quasimodo[63] sans le savoir, soit j'ai raté un épisode.

— Ça va. Je ne suis pas en porcelaine.

Pierre-Marie desserre son étreinte et fixe ses prunelles aux miennes.

— Personne n'a le droit de te frapper, pas même ma sœur quelles que soient ses raisons !

— On s'en va alors ?

Je peux toujours essayer... Oui, je sais, ce n'est pas *fair-play*, mais il n'a pas été honnête non plus quant

---

[63] Ou à un hamster goulu, au choix.

aux raisons impérieuses, qui nous ont tous jetés dans cette galère !

— Non, désolé, on doit rester.

— Tu as peur que Gabin tente de supprimer ta mère ou quoi ?

Là, clairement, le cœur de mon amoureux a un raté et ce n'est pas à cause de mes beaux yeux !

— Je t'avais dit que je finirai par comprendre. Par contre, je pense que vous accordez trop de sang-froid à notre camarade. Il n'aura pas les nerfs d'assassiner quelqu'un. Il braille, gigote, encombre. Il est certainement déçu de ne pas avoir reçu sa part du gâteau ou, pour être plus précise, que son épouse n'ait pas reçu la sienne mais, de là à le soupçonner de vouloir supprimer Yvonne, c'est délirant !

Pierre-Marie jette un coup d'œil à Xavier, qui se contente de hocher la tête. Oui, « Pierrot d'amour », je pense que vous nous avez un peu sous-estimés tous les deux !

— Vous ne savez pas tout... se contente-t-il d'asséner.

— Pas tout quoi ? Gabin est un repris de justice ? Il a déjà assassiné plusieurs vieilles dames ?

— Pas à ma connaissance... admet-il avec contrariété.

Je colle mes poings sur les hanches[64] et je le toise ! Il commence à me fatiguer avec ses mystères !

— Alors quoi ?

Je râle et souffle tout à la fois. Il m'énerve ! Qu'est-ce qu'il croit ? Que je vais faire alliance avec Xavier pour pousser Yvonne dans l'escalier ? Que nous allons leur

---

[64] À défaut d'un autre endroit ! Je vous laisse le choix de votre endroit préféré (le nez, la glotte, l'estomac...) du zigoto en face de moi.

faire boire à tous un bouillon de onze heures[65] pour nous approprier les précieux trésors des Martin du Desclin ?

— Ces bourgeois, ils ont une imagination débordante pour ne pas bosser !

J'éclate de rire. Venue du rez-de-chaussée, cette sentence me paraît si éloignée du sérieux de notre conversation, qu'elle me confirme mon point de vue. Comment voulez-vous imaginer ce grotesque imbécile en train de fomenter un plan pour supprimer sa belle-mère ? Il est bête, méchant, mesquin, mais un tueur organisé planifiant un crime parfait ? C'est ridicule ! La spécialité de cet olibrius, c'est la fainéantise sous toutes ses formes ! Le meurtre, au contraire, demande organisation, sang-froid, coordination et intelligence. À moins que l'assassin ne souhaite passer une partie de sa vie en prison... ce qui serait pour le moins étonnant, puisqu'un bon meurtre est un meurtre qu'on ignore[66]. Non, personne ne me fera croire que cet idiot, qui braille partout sa haine du bourgeois, est capable d'inventer un plan assez habile pour éliminer sa belle-mère en toute discrétion et jouir des fruits de son forfait par la suite.

— Bon, te connaissant, tu ne changeras pas d'opinion, conclus-je. Par conséquent, nous passons Noël ici. En revanche, je peux t'assurer que le 26 décembre, je suis dans la voiture avec les enfants et les bagages et si tu veux rester ici, grand bien te fasse !

---

[65] Même si cette option devient de plus en plus tentante au fil des ans !

[66] On dirait que j'ai déjà réfléchi à la question... Soit c'est la mauvaise influence de ma belle-famille que j'ai secrètement souhaité supprimer à de multiples reprises, soit je lis trop de polars... Les deux, mon Capitaine ! Quoi ? Je vous ai déjà dit que le politiquement correct n'a pas droit de citer dans ma tête !

Je tourne les talons et vais rejoindre mes enfants. Si mon époux est têtu comme une vieille bourrique arthritique, il ne faut pas qu'il oublie que je ne suis pas une petite chose effacée. Je ne vois pas pourquoi il me cache les secrets de sa famille, mais c'est parfait en réalité, puisque je me contrefiche de ces gens, qui ont toujours eu le plus grand mépris pour moi.

† ☠ †

*J*e fais une halte dans la salle de bains pour constater l'étendue des dégâts, non pas que je sois coquette, mais je tiens un minimum à l'intégrité de mon visage. Bien joué, Louise-Marie, très belle performance. Un bel impact, bien net, en plein sur la pommette. Un bleu spectaculaire apparaît sur ma joue tuméfiée. Réfléchissons deux minutes. Puisqu'ils sont tous en train de devenir fous[67], il faut bien que quelqu'un essaie de raisonner. Qu'est-ce que je sais :

1. Pierre-Marie savait que je ne voulais plus mettre les pieds dans sa famille pour Noël, mais ça ne l'a pas empêché d'accepter l'invitation sans me consulter. Sans être toujours à mon écoute, mon époux ne m'impose pas grand-chose d'habitude...

2. Il ne m'a donné aucune raison valable à cette décision unilatérale, en dehors du fait que nous « devions » venir.

3. Comme d'habitude, nous sommes reçus comme des chiens dans un jeu de quilles. En plus du

---

[67] Bon d'accord, ils étaient déjà bien atteints, mais ça s'aggrave !

mépris coutumier, nous sommes très mal logés, relégués dans un cagibi minuscule où j'ai eu un mal fou à faire rentrer les lits des enfants. Bonus : le tableau des tâches. Se charger des corvées annuelles d'autrui pour les vacances, quoi de mieux ?

4. Le changement de comportement d'Yvonne à mon égard est spectaculaire... Pas de remarques désobligeantes, pas de dénigrement... Elle me considère même avec une certaine sympathie, ce qui est tout à fait surprenant. Pendant quinze ans, cette femme n'a pas accepté le choix de son fils et ne s'est jamais gênée pour l'affirmer haut et fort, puis plus un mot... Du moins pour l'instant... Chassez le naturel, il reviendra probablement au galop.

5. Notre hôte qui fait un croc-en-jambe à Philippe, le coup de pelle, la gifle... Là, c'est inédit. Même dans cette famille de déments, l'agression physique n'est pas considérée comme un moyen de communication acceptable, donc qu'est-ce qui a changé depuis l'année dernière ? Pourquoi Gabin et Louise-Marie imaginent-ils que nous allons tolérer leur comportement ? Parce que nous sommes chez eux cette année ? Parce que Louis est décédé ?

6. Et cette histoire d'héritage, où dois-je la placer dans l'équation ? Pierre-Marie craint-il vraiment que sa mère ne soit assassinée pour de l'argent ? Les Martin du Desclin ont-ils tant d'argent que cela ? Et Yvonne dans tout cela, est-elle vraiment chez elle ici ? La maison lui appartiendrait donc ? Nos hôtes ne seraient que

des occupants à titre gratuit ? Des locataires ?

Quel que soit le résultat de l'équation en cours, je n'aime pas les ingrédients réunis : argent, envie, héritage et violence ne peuvent qu'amener à un désastre...

Je me regarde un instant dans le miroir. Pour le moment, je peux me regarder dans les yeux sans ciller, mais je sens que je suis à la croisée des chemins. Je n'aime pas cette famille. Ces gens n'ont eu de cesse que d'être blessants avec moi au fil des années. Je ne compte plus les humiliations, petites et grandes, qu'ils m'ont fait subir, mais je me suis toujours définie comme quelqu'un de juste. Pour une raison ou une autre, Pierre-Marie pense que sa mère est en danger. Et s'il avait raison ? Si Yvonne était vraiment en danger de mort ? L'argent a toujours été un mobile de choix pour le meurtre... Si nous partions avant la fin des vacances et qu'il arrivait quelque chose à Yvonne, est-ce que je pourrais toujours me regarder dans les yeux ? Merde ! Décidément, d'un côté ou d'un autre, ces Martin du Desclin sont une purge ! Bien sûr que non, je ne pourrais plus me regarder en face en sachant que j'aurais pu essayer de comprendre ce qu'il se passait.

Je me masse le cuir chevelu. Ces gens vont me rendre folle. D'accord, Chloé, tu dois tenir bon. Les brimades et tout le reste font partie du passé. Ce n'est pas à toi de te préoccuper de ces saletés, c'est à ceux qui les ont faites. La victime n'a pas à porter la faute du bourreau, tu le sais... Il y a bien des années, tu as décidé d'épouser un homme pour le meilleur et pour le pire... Je crois bien que nous sommes arrivés dans le pire, donc il faut tenir bon. La question est : si l'un ou l'autre des potentiels héritiers voulait supprimer

Yvonne, comment s'y prendrait-il ? Pourquoi attendre les fêtes de Noël, lorsque la famille est réunie ? Pour ma part, si je devais supprimer quelqu'un, je m'arrangerais pour ne pas être sur les lieux du crime au moment des faits ! J'ai lu assez d'Hercule Poirot pour comprendre ce principe de base du crime parfait... En revanche, sommes-nous confrontés à un tueur adepte du crime parfait ? S'il veut hériter et jouir de la fortune familiale, il vaut mieux pour lui...

Bref... Je vais observer tout ce petit monde d'un œil neuf désormais... Et nous verrons bien. Soit Pierre-Marie se fait des idées et il n'y aura pas de mal à étudier sa famille avec attention, soit il a raison et nous serons peut-être contents de cette opération d'espionnage. Toutefois, pour le moment, je vais retrouver mes enfants dans la cuisine d'où je les entends glousser de plaisir en faisant de la pâtisserie... et je vais en profiter pour inventorier les couteaux qui s'y trouvent...

La guérilla sournoise selon Chloé[68]

Règle n°1 : déstabiliser l'adversaire.

Règle n°2 : manipuler l'adversaire.

Règle n°3 : annihiler l'adversaire.

Règle n°4 : avoir une bonne pelle en cas de besoin.

Règle n°5 : éclater les cons à coups de poings. Éviter d'utiliser la pelle précitée.

Règle n°6 : planquer les couteaux...

---

[68] Mise à jour n°2 du tableau en fonction des événements. Heu, vous croyez qu'il va y en avoir beaucoup des mises à jour ?

Chapitre 12

C'est Noël ! Enfin presque...

Quand j'entre dans la cuisine, Yvonne est en train d'étaler une belle pâte à biscuits sur la table, alors que mes deux petits choupis ont déjà les mains pleines d'emporte-pièces de Noël... Des sapins, des cadeaux, des cœurs... Avec un peu de chance, nous aurons de succulents biscuits à grignoter pour le réveillon. Dès qu'ils me voient les enfants se jettent sur moi en poussant de grands cris.

— T'es la plus forte, maman ! s'exclame Philippe.

— Moooomannnnnn !!!!! crie Clotilde.

Je m'accroupis et les prends tous les deux dans mes bras. La question est aussi quel exemple vais-je donner à mes enfants dans cette affaire ? Je veux faire d'eux des humains préoccupés par leurs prochains et par la justice, donc je dois leur montrer la voie à suivre. Mon attention se reporte sur ma belle-mère et nos regards se croisent. Elle est stressée, peut-être inquiète... Assassiner Yvonne ? Franchement, j'ai du mal à croire en cette hypothèse et pourtant... Même si au moment où je l'observe, elle a tout de la « mamie gâteau », je sais à quel point elle peut être blessante, tranchante, méchante parfois. Est-elle allée trop loin avec quelqu'un ? Si c'est elle qui tient désormais les cordons de la bourse, a-t-elle refusé de l'argent à l'un ou à l'autre ? À qui ? Est-ce un mobile suffisant ? La réponse à cette dernière question s'impose d'elle-même... Oui, sans aucun doute... L'argent est toujours un bon mobile pour certains...

— Comment va Louise-Marie ? demandé-je soudain.

Pour quelle raison obscure cette question m'est-elle passée par l'esprit, je l'ignore, mais c'est la seule qui me soit venue pour rompre le silence.

Yvonne m'observe un temps, ne sachant pas sur quel pied danser.

— Je l'ignore.

Tiens, elle botte en touche... Curieux... Je me relève. Prenons le taureau par les cornes[69].

— Puis-je vous poser une question, Yvonne ?

Elle ne me regarde même pas et continue à étaler la pâte. Les enfants se rapprochent de la table, très intéressés par l'avancée des opérations pâtissières.

— Vous pouvez toujours poser vos questions, mais je ne promets pas d'y répondre.

Au moins, ça a le mérite d'être clair.

— Pierre-Marie s'inquiète beaucoup pour vous. Il pense que certains membres de la famille pourraient être une menace. Qu'en pensez-vous ? Dois-je m'inquiéter avec mon mari ou dois-je le raisonner ?

La question frontale a l'avantage de retenir son attention. Elle lève les yeux de son ouvrage et, à ma grande contrariété, ce n'est pas de la surprise que je vois sur son visage, mais de la peur... Merde ! Pierre-Marie a encore raison ! Sa lèvre tremble un peu,

---

[69] Ou plutôt la belle-mère par le chignon... Je me demande laquelle des deux options est la plus dangereuse...

96

avant qu'elle ne tente de reprendre son habituelle moue méprisante.

— Bêtises que cela ! Pierre-Marie a toujours été inutilement émotif.

C'est sûr que, par rapport au reste de la famille, Pierre-Marie peut paraître sensible... Un bloc de granit ou un troll des montagnes paraîtrait sensible à côté d'eux ! Bref, j'ai ma réponse. Elle se pense menacée, malgré ce qu'elle en dit. Une fois de plus, je suis l'étrangère à laquelle on ne parle pas.

— Donc le passage à la communauté universelle n'a créé aucune tension au sein de la famille. Vous m'en voyez ravie.

À ces mots, elle écrase la pâte bien trop fort et anéantit la belle harmonie dans l'épaisseur des futurs biscuits.

— Je ne sais pas quelle éducation vous avez reçue, Chloé mais, chez moi, on ne parle pas d'argent !

— Chez moi non plus, Yvonne ! À la différence près que, dans ma famille, personne ne tente d'assassiner mes parents pour leur argent... Je trouve que le meurtre est encore plus grossier que de parler de finances, vous ne pensez pas ?

Prends ça dans les dents. Non mais qu'est-ce que tu crois, Yvonne ? Qu'après tout ce temps, tu vas pouvoir continuer à me donner des leçons, alors que tu as peur que ta propre famille ne t'assassine pour hériter plus vite ? Ma famille a peut-être moins d'argent que la tienne mais, au moins, nous nous aimons.

— Vous savez, Yvonne, reprends-je, je suis venue en paix vous demander si vous aviez besoin d'aide. Nul besoin de me prendre de haut. Maintenant, si votre orgueil vous pousse à refuser la seule main tendue vers vous, parce qu'elle n'est pas d'assez haute extraction, c'est votre problème, pas le mien !

Les coups ont porté. Ma belle-mère est moins fière, mais je sais qu'elle crèvera sur place, plutôt que de me parler de ses problèmes.

— Si vous refusez de vous confier à moi, parlez au moins à votre fils.

Elle hausse les épaules. Madame la reine mère est de retour... J'aurais au moins essayé.

— Vous avez une imagination malsaine, Chloé. J'espère que vous ne transmettrez pas ce stupide penchant à vos enfants.

Vieille garce...

— Ne vous inquiétez pas pour cela. Pour le moment, j'essaie de leur apprendre qu'un être humain respectable se préoccupe de son prochain, quoique ce dernier puisse faire pour l'humilier ou le repousser.

Touchée. Yvonne pince les lèvres, elle réfléchit. Les enfants, qui n'y tiennent plus, commencent à marquer la belle pâte à biscuits de leurs emporte-pièces. De multiples étoiles, sapins, bonhommes de neige et autres sujets apparaissent sous leurs petites mains. Si seulement les humains pouvaient conserver la pureté de l'enfance au-delà de leurs premières années... Le monde serait bien plus beau.

Yvonne détache la pâte d'un geste mécanique. Elle dispose les futurs biscuits sur une plaque de cuisson et reforme une boule avec la pâte restante. Puis, avec calme, elle l'étale de nouveau.

— Vous vous affolez pour rien tous les deux... Dites bien à votre époux qu'il n'y a rien dans cette famille que je ne puisse régler seule.

La sentence est tombée. Yvonne est une grande fille et elle se débrouillera toute seule... mais contre quoi ou contre qui ? Par son attitude, elle a confirmé qu'il existait bien une menace, mais j'ignore toujours laquelle et de qui elle provient. Reste à savoir si Pierre-Marie est parvenu à l'identifier de son côté...

Les enfants finissent la création des autres biscuits et je les laisse en compagnie de leur grand-mère, qui leur montre comment faire un glaçage. Je ne comprendrais jamais ce que j'ai pu faire à cette femme pour qu'elle me méprise à ce point... Être moi probablement...

† ☠ †

Après avoir jeté un coup d'œil au tableau des tâches, je trouve mon mari en train de couper du bois[70]... Je m'approche de lui en me signalant par une démarche lourde... Vu l'ambiance actuelle, je préfère ne pas surprendre un homme armé d'une hache... même si c'est le mien...

Pierre-Marie se retourne, l'air sombre. Quand il me voit, un pâle sourire anime son visage un instant. Il pose sa hache (un bon point pour lui) et tend la main vers moi (deuxième bon point pour lui). J'accepte son invitation et me colle à lui en fin de compte. Le jour commence à baisser et le vent s'est levé. Il ne fait pas chaud, donc autant profiter de la chaleur de ce grand corps.

— Il faut que tu parles à ta mère.

Il m'observe un instant, les dents serrées.

— De quoi ?

---

[70] Note pour plus tard : Pierre-Marie sait manier une hache. Si cette histoire prend le même tour que « L'enfant lumière » (ou « Shining ») de Stephen King, ce n'est pas encourageant...

Re-note pour plus tard : en cas de problème, ne pas se réfugier dans la salle de bains, c'est naze !

— Du fait qu'elle se sent menacée par l'un ou l'autre membre de cette charmante famille. Pour ma part, elle refuse de m'en dire plus.

— Alors, j'avais raison, souffle-t-il.

— Oui, mais nous ne savons toujours pas qui menace Yvonne, ni quelle est l'étendue exacte de cette menace...

— En qui pouvons-nous avoir confiance ? demande-t-il.

— Personne.

Il se recule pour me fixer de toute sa hauteur.

— Tu n'as jamais aimé ma famille.

— Faux, ils ne m'aiment pas. Même si je veux bien admettre que cette année, certains d'entre eux font des efforts, comme Rose-Marie ou Yvonne... En revanche, ne te leurre pas. Nous vivons trop loin d'eux pour connaître tous leurs petits secrets et, en fait, nous ignorons tout de leurs situations financières respectives. Si l'un d'eux a décidé de supprimer ta mère pour hériter plus vite, nous ne pouvons être certains que d'une chose : ils peuvent tous avoir un mobile.

Pierre-Marie hausse les épaules.

— Ne sois pas ridicule, c'est Gabin la menace.

— Je ne suis pas ridicule, je suis objective, ce qui n'est pas ton cas ! D'après ce que je vois, Louise-Marie est excédée, sinon comment expliquer son comportement ? Rose-Marie et Xavier semblent plus normaux, mais que savons-nous de leurs situations financières en vérité ? Ils espéraient peut-être hériter plus vite...

— Je connais mes sœurs, tu te trompes.

— Je ne me trompe pas, j'émets des hypothèses. Le problème, c'est que tu ne veux même pas y réfléchir. Tu te contentes de dire que je suis ridicule ou que je me trompe.

Je me détache de lui et continue :

— Pour être tout à fait honnête avec toi, si tu n'étais pas dans l'équation, ça fait longtemps que je serais partie et rentrée chez moi. Je subis ce séjour pour toi, je m'intéresse aux menaces pesant sur ta mère pour toi, et j'aimerais au moins qu'en contrepartie, tu sois poli et que tu arrêtes de remettre en cause mon intelligence.

Grimace. Môssieur Pierre-Marie Martin du Desclin n'aime pas qu'on le prenne en défaut. Môssieur est tellement parfait...

— Je te demande pardon. Je vais réfléchir et aller parler à ma mère, il faut que j'en aie le cœur net...

— Pour ta gouverne, elle m'a donné un message pour toi : « Dites bien à votre époux qu'il n'y a rien dans cette famille que je ne puisse régler seule ».

Pierre-Marie fronce les sourcils. Je pense que cette phrase lui fait le même effet qu'à moi...

— Je n'aime pas du tout ce message... Je vais lui parler.

Il s'élance vers la maison, me laissant avec son tas de bois en vrac et la hache non rangée... Bon, je vais camoufler la hache, moi... Cela fera toujours une arme en moins à prendre dans le dos, si ça dégénère ce soir... Dire que c'est le réveillon de Noël et que j'en suis à planquer la hache pour éviter un bain de sang... Je déteste cette famille et ils me le rendent bien !

La guérilla sournoise selon Chloé[71]

Règle n°1 : déstabiliser l'adversaire.

Règle n°2 : manipuler l'adversaire.

Règle n°3 : annihiler l'adversaire.

Règle n°4 : avoir une bonne pelle en cas de besoin.

Règle n°5 : éclater les cons à coups de poings. Éviter d'utiliser la pelle précitée.

Règle n°6 : planquer les couteaux et les haches...

---

[71] Mise à jour n°3 du tableau en fonction des événements... Franchement, ça commence à me fatiguer !

Chapitre 13.

Le pire réveillon du monde !

---

*L*a fin d'après-midi est consacrée à la préparation du réveillon[72]. Quand je retourne dans la maison, après avoir camouflé la hache, je trouve Xavier et Rose-Marie en pleine décoration du salon. Malgré les circonstances, ils tentent de créer une atmosphère chaleureuse pour la soirée. Quand je leur propose mon aide, ils refusent gentiment, en me précisant que je peux en profiter pour me reposer. Ils en ont presque fini avec la décoration et ils ont bien du mérite. Ni Louise-Marie, ni Gabin ne considèrent qu'il soit important de décorer la maison pour Noël. Xavier et Rose-Marie font avec les moyens du bord et force est de constater qu'il y a peu de moyens... Ils ont exhumé un vieux sapin dépenaillé en plastique, auquel ils accrochent des guirlandes de fortune, créées à base de serviettes en papier multicolore. C'est le sapin le plus misérable que j'ai vu depuis très longtemps. J'en ai les larmes aux yeux.

---

[72] Si, si, je vous assure. Au milieu des coups de pelle, des gifles, des coups de poings et autres coups de genoux, nous avons trouvé le temps de préparer le réveillon ! C'est ce qu'on appelle la magie de Noël !

C'est la dernière fois que je mets les pieds dans cette famille pour Noël. Cornichon Iᵉʳ et sa superbe épouse Cornichonne ne sont même pas fichus de respecter les traditions. Que je sache, personne ne les a obligés à recevoir toute la famille pour les fêtes. Le minimum aurait été de prévoir une décoration adéquate ou, tout du moins, de recevoir les gens avec un minimum de chaleur. Au lieu de cela, nous sommes reçus avec un tableau des tâches, pour s'acquitter à leur place de tout ce qui n'a pas été fait durant l'année passée, et ils nous signalent fermement que nous ne sommes pas les bienvenus chez eux. Bonjour l'esprit de Noël !

Je suis vraiment très en colère contre eux. Qu'ils puissent gâcher le Noël des enfants ne semble pas du tout les préoccuper. Que croyaient-ils, qu'en plus des lits, des couvertures, des oreillers, des affaires des enfants et de tous les cadeaux, que nous avons apportés, nous allions en plus nous charger du sapin de Noël et des autres décorations ? Ce n'est plus une voiture de bourgeois, qu'il nous faudrait, mais un camion de déménagement ! Même si je vois qu'Yvonne, Xavier et Rose-Marie tentent de sauver les apparences, l'atmosphère est catastrophique ! Rien n'a été prévu, rien n'a été pensé, pour que nous puissions imaginer une minute à une fête quelconque de famille. Je n'ose même pas passer à la cuisine, où Yvonne et la maîtresse des lieux œuvrent, parce que je sais déjà que ma belle-mère est en train de batailler avec un frigo et des placards quasi vides, pour créer un repas à peu près convenable pour ce soir. Elle doit être dans un état de nerf désastreux. Puisque rien de mieux ne peut être fait, je vais en profiter pour me reposer un tantinet.

Sur le chemin vers mon cagibi préféré, je récupère

les enfants qui me montrent, avec une extrême fierté, une petite corbeille dans laquelle des sablés roses et bleus trônent en majesté. Ils m'en proposent avec de grands sourires à réchauffer les cœurs les plus endurcis... Ou peut-être pas, vu la figure haineuse de leur tante Madame Parfaite... Bref, je m'extasie devant leur œuvre, comme toute bonne maman digne de ce nom, et je remercie d'un signe de tête Yvonne, que j'entrevois par l'entrebâillement de la porte... Elle me rend mon salut d'un geste sec et je comprends que j'ai vu juste. Elle est furieuse, purement et simplement furieuse... Je pense que le contenu des placards est encore pire que ce que j'avais imaginé.

Je ne sais pas à quoi jouent Gabin et Louise-Marie mais, si c'est à un jeu de cons, ils doivent être très bien classés au niveau mondial. Quelle paire d'abrutis ! Dire qu'ils m'avaient promis d'organiser une visite du Père Noël et que, dans ma grande naïveté, pour ne pas dire bêtise, je les ai crus sur parole. Comment imaginer que deux êtres aussi stupides et aussi égoïstes aient pu, à une minute de leur vie, avoir une pensée altruiste vers de créatures qu'ils considèrent comme des déchets ambulants ? Vous m'avez bien comprise, je parle des enfants. C'est une catastrophe. Heureusement, cette année, je n'ai pas du tout été raisonnable pour les cadeaux des enfants. J'espère que cela compensera un peu le reste...

La boule au ventre, j'entraîne mes loupiots à ma suite pour les préparer et les plonger, en dépit de l'environnement, dans l'esprit de Noël...

— Dis maman, c'est quand qu'il vient le Père Noël ?

Je déglutis, mal à l'aise... Je n'ai pas reparlé de la visite surprise du Père Noël depuis que nous sommes arrivés. J'avais bon espoir que Philippe et Clotilde oublient ce détail fâcheux, puisque je suis quasi certaine désormais que personne ne jouera le rôle du Père Noël ce soir. Malheureusement, les enfants ont ce genre de mémoire très particulier, leur permettant de se souvenir d'un détail évoqué six mois auparavant, tout en oubliant ce que vous leur avez dit cinq minutes avant. Bref, alors que je fais les nœuds des plus beaux souliers de Philippe, je dois simultanément élaborer un plan B acceptable pour excuser le « Père Noël », qui ne pourra probablement pas tenir son engagement... Sacré Père Noël !

— Tu sais, chouchou, le Père Noël a beaucoup de travail ce soir et il ne pourra peut-être pas venir nous voir cette année.

— Mais pourquoi ? couinent et s'indignent tout à la fois Philippe et Clotilde.

Ils sont déçus et un peu en colère. Si même le Père Noël ne tient pas parole, où va le monde ? Je prends mon courage à deux mains pour poursuivre ma plaidoirie.

— Il y a beaucoup d'enfants qui veulent voir le Père Noël en même temps et, même si c'est un vieux bonhomme magique, je pense qu'il est difficile pour lui de rendre visite en personne à tous les enfants du monde. Il se peut qu'il ne vienne pas cette année, mais qu'il fasse un saut chez nous l'année prochaine...

Croisons les doigts pour que mes arguments aient été entendus...

— Mais pourquoi ? s'indignent de nouveau les

enfants.

Échec critique... Ça y est, le programme du « Mais pourquoi » en boucle est lancé... Misère ! Comment vais-je m'en sortir sans en étrangler un... Non, soyons juste et laissons les enfants en dehors de cela... Comment vais-je m'en sortir sans remettre un coup de pelle à Gabin ou à Louise-Marie, voire aux deux[73] ! Concentre-toi, Chloé, concentre-toi !

— Chaque année, le Père Noël envoie des cadeaux à tous les enfants du monde, mais il doit choisir de rendre visite seulement à certains d'entre eux. Il ne peut pas apporter des cadeaux dans toutes les maisons et, en plus, rendre visite à tout le monde. Donc, comme l'année dernière, il nous avait rendu visite chez Papy et Mamie, il se peut que, cette année, il aille voir d'autres enfants. Il faut savoir partager dans la vie.

Que Xavier soit béni. L'année dernière, il s'était éclipsé un petit moment pour revêtir un superbe déguisement de Père Noël et faire coucou à Philippe par la fenêtre. Je commence à regretter le réveillon de l'an passé, alors que la simple évocation de ces cinq jours me hérisse encore le poil ! Comme quoi, il ne faut jamais sous-estimer l'adversaire, il est toujours plein de ressources !

Ma dernière explication semble avoir fait mouche. Clotilde râle bien pour le principe, puisqu'elle ne se souvient pas du tout de cette visite impromptue du Père Noël et espérait pouvoir rencontrer le célèbre bonhomme cette année. Toutefois, comme son grand frère paraît convaincu par ma brillante argumentation,

---

[73] Oh, oui ! Un coup de pelle à chacun d'eux ! Joyeux Noël les blaireaux ! Paf ! Et re-paf !

Je demande pardon à tous les blaireaux qui ne méritaient pas d'être comparés à ces andouilles purement humaines !

elle se calme assez vite... Elle conserve toutefois une moue boudeuse sur le visage pour signaler à tous sa déception. Pov'chouchou, elle est toute déconfite...

— Ne t'inquiète pas ma chérie, le Père Noël pense fort à toi !

— Il me connaît même pas... ronchonne-t-elle.

— Mais non, le Père Noël connaît tous les enfants du monde ! intervient Philippe avec conviction. Il est magique !

Cet argument semble porter ses fruits, puisque Clotilde se tourne vers moi pour obtenir confirmation de cette incroyable information. J'acquiesce avec vigueur. Clotilde réfléchit un instant et finit par se ranger à la fine analyse de son frère. Après tout, si Philippe le dit, ce doit être vrai...

J'observe mon duo de crevettes et songe qu'à l'avenir, il faudra que je surveille Philippe. Avec l'influence qu'il a sur sa sœur, il pourra lui faire gober tout et n'importe quoi... Bon, restons positive. J'ai d'autres problèmes sur le feu et il est inutile d'y ajouter des potentialités d'un futur lointain. Maintenant que les enfants sont prêts, je vais m'atteler à ma propre tenue... Dommage, j'ai oublié mon gilet pare-balles...

† ☠ †

*L*e repas était meilleur que prévu. Même si Yvonne n'est pas parvenue à desserrer la mâchoire de toute la soirée, signifiant ainsi sa plus forte réprobation à sa fille aînée, je dois avouer que les pâtes fraîches au saumon étaient succulentes et que la glace à la vanille, agrémentée des petits sablés des enfants, était parfaite. Je ne doute pas une minute qu'Yvonne a dû batailler, une bonne partie de l'après-midi, pour réussir le tour de force de nourrir tout le monde avec le néant, qu'elle a trouvé dans la cuisine. S'il pouvait rester un doute dans l'esprit des membres de la famille sur le fait que ni Gabin, ni Louise-Marie ne voulaient nous recevoir pour les fêtes, je pense que désormais le message est clair. C'est bien la première fois que je suis invitée chez quelqu'un, qui ne se donne même pas la peine de faire quelques courses pour l'occasion. Je ne comprends pas Louise-Marie... À moins que... À moins qu'elle n'ait pas les moyens de faire des courses...

Mon attention se porte sur ma belle-sœur. Elle se tient droite comme la justice, présidant une tablée qu'elle ne semble pas même remarquer, le regard dans le vide. L'évidence me saute soudain aux yeux... Elle manie mieux le maquillage que moi, car la trace sur son menton est quasi-invisible. À bien y regarder, son maquillage frôle la perfection. L'ensemble est très naturel. En fait, je n'avais jamais remarqué que Louise-Marie était une adepte du maquillage-camouflage... Dans mes souvenirs, elle a toujours eu ce teint parfait, cette carnation de porcelaine... Sauf à imaginer que mon poing n'ait laissé aucune trace sur son menton, je dois admettre un fait que j'ignorais jusqu'alors : ma belle-sœur est maquillée du matin au soir. Du petit-déjeuner au coucher, elle arbore depuis des années la même tête et cela ne m'avait jamais interpellée jusqu'à aujourd'hui... Je me suis toujours plainte du comportement méprisant de ces gens à mon égard et, de fait, je ne me suis guère préoccupée d'eux...

Comme personne ne me parle (comme d'habitude), je profite du repas pour observer cette famille étrange que je côtoie depuis une quinzaine d'années mais que, finalement, je ne connais pas ou si peu.

Louise-Marie semble éteinte, une poupée sans vie au milieu d'un flot de paroles qui la dépasse, voire la submerge. A-t-elle toujours été ainsi ? Je me le demande. Dans mon souvenir, elle était assez proche de Rose-Marie dans son comportement mais, peu à peu, elle a plongé dans une espèce de dépression qui la coupe du monde. Est-ce pour cela qu'elle nous reçoit si mal ? Ou n'a-t-elle pas eu d'autre choix ? Elle ne travaille pas, n'a donc aucun revenu propre. Son mari et elle ont-ils un compte-joint ou Gabin s'amuse-t-il à lui couper les vivres pour marquer sa domination ? Cela ne semble pas incompatible avec le personnage...

Mon regard oblique vers Cornichon Ier... Gabin est taciturne, bougon et saoul... J'ai surpris Yvonne tenter, à plusieurs reprises, de faire boire de la tisane à Gabin pour le faire dessaouler, mais ses tentatives n'ont pas été couronnées de succès... Il a à peine bu quelques gorgées, se plaignant alternativement du goût et de nausées... Encore plus saoul qu'à l'accoutumée, il tangue sur sa chaise sans prêter la moindre attention à ce qui l'entoure. Yvonne l'observe avec dégoût... et haine... Oui, c'est de la haine... Était-ce déjà ainsi l'an passé ? Je ne sais plus. Il faut dire que j'étais occupée à éviter les tirs me concernant l'année dernière et je me faisais discrète dans l'espoir qu'on m'oublie... Je vous rassure, cela ne marchait pas...

Mon regard dévie vers Yvonne, qui n'a pas décroché un mot depuis le début du repas. Elle s'est contentée de servir les pâtes fraîches au saumon et le dessert sans accorder la moindre attention aux conversations l'entourant. Deux solutions : soit elle est furieuse du manque de savoir-vivre de sa fille aînée et de son gendre, soit elle est préoccupée par autre chose... Je n'ai pas eu le temps de parler avec Pierre-Marie depuis l'épisode de la hache, mais je serais curieuse de savoir ce qu'il a appris de sa mère... Quel est donc ce « rien » qu'elle est capable de régler seule ? Et pourquoi tant de haine à l'égard de Gabin ?

Mon regard poursuit sa course autour de la table. Rose-Marie, quant à elle, semble plus vive, plus sympathique que d'habitude. En début de soirée, elle a lutté un bon moment pour entretenir la conversation avec Gabin et Yvonne mais, de guerre lasse, elle s'est tournée vers Pierre-Marie pour écouter sa discussion avec Xavier. Je me suis longtemps demandé ce que Xavier avait pu trouver à cette femme pour l'épouser. Toutefois, cette année, pour la première fois, je me dis que ce couple est bien assorti. Si Xavier est plus chaleureux que son épouse, Rose-Marie fait des efforts pour se montrer aimable à mon égard, ce que j'apprécie dans le contexte actuel. Je n'aurais jamais imaginé que je pourrais un jour plaisanter avec Madame la pharmacienne, Madame qui a réussi - comprenez qui gagne beaucoup d'argent -, mais c'est le cas. Rose-Marie est drôle et détendue, ce qui rend sa compagnie fort agréable.

Quant à Xavier, il est courtois, chaleureux, drôle, parfait... Étrange dans cette famille...

Au milieu des adultes, les enfants luttent contre le sommeil et, maintenant que le repas est fini, je ne vais pas tarder à les coucher. Philippe jette encore de temps à autre des coups d'œil épuisés vers la fenêtre donnant sur le jardin, pendant que Clotilde dodeline de la tête.

— Allez les enfants, c'est l'heure d'aller au lit, dis-je soudain.

— Attends, Maman, le Père Noël n'est pas encore venu ! s'indigne Philippe.

Clotilde baille pour seule réponse. Phiphi n'obtiendra pas davantage d'elle... Il la fusille du regard. À quoi sert d'avoir une sœur si, à la première occasion, elle ne vous soutient pas ?

Cornichon Ier se lève soudain en tanguant dangereusement et se précipite dehors. D'après moi, entre la boisson et la tisane, son estomac a choisi son camp, il va se débarrasser de tout et décidera demain de la suite à donner aux événements.

Les enfants se lèvent en ronchonnant, disent « Bonne nuit » à tout le monde et remercient encore Yvonne pour les biscuits et la glace. Pas folles les guêpes ! Les deux loupiots savent bien à qui ils doivent le repas.

Après les bisous et vœux divers de bon repos, je me dirige vers le couloir, quand un rot retentissant surgit dans le salon. Je lève les yeux sur le nouvel arrivant... Oh ! Mon ! Dieu ! Gabin n'est pas allé vomir, comme je le soupçonnais, il est parti enfiler une tenue hors d'âge du Père Noël et s'est précipité, le costume boutonné de travers vers le salon...

Les enfants fixent le nouveau venu sans moufter. Leurs petits cerveaux sont en train d'essayer de trier les informations : qui est ce bonhomme rouge qui pue la vinasse, dans un costume tout vieux et qui nous fixe de ses yeux injectés de sang, en tremblant[74] ?

Si jamais Cornichon Ier détruit tous les rêves de Noël des enfants avec sa prestation de ce soir, je le tue !

Tout le monde semble retenir son souffle dans la salle... Il faut que je trouve une solution.

— Oh, regardez les enfants ! dis-je avec une voix

---

[74] Il est pas beau notre Père Noël ? Il y a des coups de pelle qui se perdent, je vous le dis !

suraiguë. Le Père Noël a pris le temps de passer vous faire un coucou avant de repartir ! Faites coucou au Père Noël !

Clotilde se tourne vers moi, comme si j'étais devenue folle. Philippe se redresse du haut de sa petite taille et assène :

— Ce n'est pas le Père Noël !

— Pourquoi dis-tu cela, mon chéri ? m'inquiété-je.

Philippe a une moue écœurée.

— Il sent mauvais le monsieur ! Le Père Noël sent bon le chocolat et le pain d'épices.

Ah bon ? Mais d'où sort-il cette information ?

— C'est la maîtresse qui l'a dit ! achève Philippe.

Ce serait sympa de la part des maîtresses d'école de transmettre ce genre d'informations primordiales aux parents ! Histoire que nous puissions nous adapter aux légendes qu'elles enfoncent dans le crâne de nos enfants ! Le pain d'épice et le chocolat ! Et puis quoi encore ? Pour le coup, Gabin et son odeur aigre ne font pas le poids !

Le Père Noël vacille soudain, perd l'équilibre, se rattrape à une commode à l'entrée du salon et vide le contenu de son estomac sur le tapis, juste devant les enfants...

Que quelqu'un me donne une pelle !

Chapitre 14.

Un père Noël vraiment indigne !

Pierre-Marie est le premier à recouvrer ses esprits. Il se précipite vers le faux Père Noël, le saisit et l'entraîne vers l'extérieur. Gabin est pris de spasmes terribles, qui le plient en deux. Xavier arrive en renfort et les deux beaux-frères parviennent à le sortir du salon, non sans mal.

J'attrape les enfants et je les tire en arrière. Ils sont comme pétrifiés. Qu'est-ce que je vais pouvoir leur dire ? Le Père Noël a trop bu, ça arrive aux meilleurs d'entre nous ! Le Père Noël a attrapé une grosse gastro, le pauvre ! Le Père Noël est en arrêt-maladie, la fête est reportée... Une seule chose à dire : la vérité.

— Tonton Gabin voulait vous faire une surprise, mes chéris, mais il est malade.

Mes deux poussins alternent entre inquiétude et soulagement. Philippe se tourne vers la porte par laquelle le faux Père Noël a disparu.

— Pourquoi il a fait ça ? demande-t-il.

Il est inquiet, mais je sens poindre un autre sentiment dans son intonation... Phiphi est en colère. Même si Gabin est un abruti de première, je pense qu'il voulait bien faire... à sa façon...

— Il a vu que vous étiez tristes parce que le vrai Père Noël ne pourrait pas venir cette année, alors il a voulu vous faire une surprise... Malheureusement, il est très malade et sa surprise a été gâchée...

En parlant de « malade », j'entraîne les enfants loin du salon où l'odeur de vomi est en train de me retourner l'estomac. Yvonne a eu le réflexe d'ouvrir les fenêtres et Rose-Marie se charge de nettoyer, pendant que Louise-Marie se contente d'observer les autres, assise dans son fauteuil. Cette femme est à la masse ! Soit sa sœur lui a donné des calmants cette après-midi, soit elle est mûre pour la psychiatrie, soit les deux !

Je pousse les enfants devant moi, dans la direction opposée à celle qu'ont prise Pierre-Marie, Xavier et Gabin. Je les entends lutter dans l'escalier pour hisser le « Père Noël » à l'étage. Gabin semble être très mal en point. Il tient des propos incohérents, est incapable de marcher seul, râle et émet des sons rauques écœurants... Je ne comprends pas... Il n'a pas bu au point d'être aussi saoul ! Alors quoi ? Le mélange d'une grippe intestinale et de l'alcool ? Une pensée fugitive me traverse l'esprit : est-ce bien raisonnable de faire monter Gabin à l'étage ? Les enfants accaparent de nouveau mon attention. Ils s'engouffrent à toute vitesse dans le cagibi et je les suis sans me retourner.

† ☠ †

Après quelques histoires de Nono le gros oiseau et l'assurance que tonton Gabin serait en pleine forme le lendemain, je peux enfin quitter le cagibi pour prendre quelques nouvelles. Dans le salon, je retrouve Pierre-Marie, Rose-Marie et Yvonne en train de mettre en place, de leur mieux, les cadeaux sous le sapin tout vilain. Il flotte encore dans l'air une légère odeur de vomi, malgré les fenêtres grandes ouvertes.

— Comment vont les enfants ? s'inquiète Pierre-Marie.

— Un peu stressés, mais j'ai préféré leur dire la vérité...

— Vous avez bien fait, acquiesce Yvonne.

Je crois que c'est la première fois que j'ai l'approbation de ma belle-mère. C'est Noël !

Rose-Marie me montre une tasse de tisane à mon intention sur la table. Bonne idée ! C'est re-Noël ! L'eau est encore chaude... Ça fait du bien !

— Gabin ne pensait pas à mal, intervient Rose-Marie, mais l'effet aurait pu être désastreux...

— Pas à mal ? s'écrie Pierre-Marie. A-t-on idée d'être aussi ivre avant de jouer les Pères Noël ?

La même interrogation revient... Ivre ? Est-il vraiment ivre ? L'alcool seul peut-il expliquer l'état désastreux de cet homme ?

— Crois-tu qu'il était saoul à ce point ? m'enquiers-je en pleine hésitation. Je n'ai pas eu l'impression qu'il ait tellement bu à table...

— Il avait sûrement pris de l'avance, vu l'état dans lequel je l'ai laissé à Xavier... gronde-t-il.

— Qu'est-ce qu'en pense Xavier ? insisté-je.

— Qu'il n'y a pas que de l'alcool... reprend Pierre-Marie avec un peu plus de calme. Il était inquiet d'un éventuel mélange entre médicaments et alcool... C'est pourquoi il a préféré rester à ses côtés pour le moment.

Je hoche la tête d'un geste un peu mécanique... Ce Noël est très atypique... En fait, c'est le chaos...

— Et Louise-Marie ? continué-je non sans vaillance.

Elle avait l'air ailleurs...

Rose-Marie rougit un peu. Elle sait de quoi je parle sans l'ombre d'un doute...

— Ça, c'est de ma faute... Elle était si agitée tout à l'heure que je lui ai fait prendre du Bromazépam...

Hein ? C'est quoi ça ? Ma mine ahurie parle pour moi, car Rose-Marie reprend :

— Au moins, toi, tu n'en prends pas, dit-elle en souriant. Du Léxomil...

— Oh misère ! J'en ai pris une fois pour une opération, j'étais shootée ! Une vraie horreur ! Moi qui aime garder le contrôle...

Le souvenir de cette après-midi entre deux eaux, avant de pouvoir m'endormir pour une bonne nuit de dix-huit heures, me revient... Je ne m'étonne plus de l'état de Louise-Marie. Si elle est comme moi et qu'elle ne prend jamais rien, le moindre calmant lui fait un effet phénoménal ! J'observe du coin de l'œil Rose-Marie. Notre pharmacienne a peut-être eu la main lourde avec sa sœur... Et Gabin, là-dedans ? Un mélange d'alcool et de médicaments ? À quoi a-t-il accès par l'intermédiaire de son beau-frère et de sa belle-sœur ? Misère, je viens de boire une tasse de liquide inconnu venant de sa part... Pourvu que ce soit de la tisane !!! Je crois que je ne vais plus boire que de l'eau du robinet jusqu'à mon départ ! J'ai bien fait de profiter de la glace et des biscuits...

Pierre-Marie s'attaque à la pile des présents, que nous avons apportés[75]. Je vois deux beaux gros tas de paquets colorés et irisés envahir la moitié de l'espace sous le sapin. Au moins les enfants auront-ils pleins de

---

[75] Elle est énorme ! Je vais encore me faire attraper par mon mari, mais vous savez quoi ? Je m'en fiche ! Plus le temps passe, plus je me dis que j'ai bien fait de ne pas être raisonnable !

jolis cadeaux demain matin... Ah... Vu la tête de mon mari, je sens arriver la troisième ou quatrième ou cinquième - comme vous voulez - vague de problèmes...

— Où est le tas pour Chloé ? gronde-t-il.

Rose-Marie et Yvonne se redressent, comme deux chats pris les deux pattes dans le flan... Je souris malgré moi. Je suis si habituée au comportement de ma belle-famille que je n'y prête plus attention.

— Je croyais avoir été clair, cette année, s'indigne Pierre-Marie.

C'est gentil, mon chéri, mais ta famille est un ramassis d'imbéciles ou de pingres, voire les deux, alors tu ne les changeras pas ! Vous vous souvenez, n'est-ce pas ? Je vous ai déjà parlé de mon unique cadeau en quinze ans de Noël chez les très charmants Martin du Desclin... Mais si ! La bougie publicitaire ! En fait, ce cadeau m'a fait relativiser les années où je me retrouvais sans présents à Noël... La seule qui n'avait rien à ouvrir, en dehors de ce que son mari lui offrait... Celle que l'on rejetait de toutes les manières possibles, y compris en ne lui offrant rien... Tu ne feras jamais partie de la famille ! Bref, cette bougie a été une révélation pour moi. J'ai dû remettre en cause le temps passé à espérer recevoir ne serait-ce qu'un tout petit cadeau, parce que ma belle-famille avait trouvé le moyen de m'humilier, même en m'offrant un cadeau... gratuit... Je n'étais bonne qu'à servir d'usine de recyclage de ce que l'on ne voulait pas... Une déchetterie, quoi !

Mon mari, dites-vous ? Heureusement, Pierre-Marie a toujours été généreux et il tentait de compenser l'avarice des siens par de très beaux cadeaux. Il n'a jamais voulu affronter sa famille pour me défendre, mais il me montrait son soutien d'une autre façon.

Bref, j'ai un bon mari et c'est seulement pour cette raison que vous me trouvez ici, au milieu de cette galère, à suer sang et eau pour maintenir, autant que faire se peut, le cap vers un Noël pas trop pourri... En revanche, je dois reconnaître que, cette année, ils font fort. Malgré tous mes efforts, je crois que nous allons quand même passer un Noël de niveau 11 sur une échelle de 10 en pourriture...

— Je vous avais dit que je ne viendrai que si Chloé était correctement traitée ! râle Pierre-Marie. Pensez à lui offrir quelque chose de décent en fait partie !

— Désolée, nous n'avons pas eu le temps de nous en occuper, explique Rose-Marie.

C'est vrai qu'en travaillant tous les jours de la semaine dans une pharmacie, qui comprend - comme il se doit - un très beau rayon de parapharmacie, elle n'a jamais eu l'occasion de tendre la main vers une lime à ongles ou un gel-douche ou, dans un coup de folie, un lait pour le corps ! Je ricane toute seule et interviens :

— Laisse, Pierre-Marie, tu sais bien que je ne me préoccupe plus de ta famille depuis des années.

Bim, dans les dents. Non mais ! Je regarde une dernière fois Yvonne et Rose-Marie. C'est dommage qu'elles n'aient même pas pensé à moi une fois lorsqu'elles faisaient les courses... Une boîte de chocolats aurait été un superbe calumet de la paix. Je suis plutôt bonne pâte et j'étais prête à enterrer la hache de guerre contre un minimum de sympathie. Dommage, ce ne sera pas pour aujourd'hui... Ni pour les siècles à venir... J'embrasse sur la joue Pierre-Marie et je vais me coucher. La journée a été longue.

Chapitre 15.

Et une pipe se cassa...

J'étais si fatiguée que j'ai à peine senti Pierre-Marie entrer dans le lit. Pourtant, avec notre matelas défoncé et le poids de mon mari, j'ai glissé vers lui et me suis retrouvée le visage écrasé contre son épaule... Il faut croire que la masse de mon époux était plus confortable que le ressort, qui me meurtrissait la tête, et je me suis rendormie en toute quiétude.

Pourtant, cette expérience, somme toute très satisfaisante, n'a pas duré longtemps ! Ce devait être inapproprié pour les Martin du Desclin[76]. Un bruit terrible retentit soudain et je me réveille en sursaut, à une heure inconnue de la nuit. Je sens la masse de Pierre-Marie jaillir hors du lit. Je suis perdue... Je suis où déjà ? Désorientée, j'oublie que je suis dans le royal-cagibi et je tombe du canapé-lit de toute ma masse. Aïe ! Je m'assieds avec douleur, me frottant le bras sur lequel je suis tombée, et je me dirige à tâtons vers les braillements indignés de Cloclo. Elle est

---

[76] Un moment de paix et de repos chez les Martin du Desclin, c'est comme une bousculade pour prendre rendez-vous chez le proctologue, ça n'existe pas !

comme sa mère, elle refuse d'être réveillée en sursaut ! Bien sûr, mes orteils heurtent de plein fouet le pied de l'antiquité, qui nous sert de lit, et ils se recroquevillent sous la douleur. J'étouffe de peu le juron monstrueux, qui menaçait de passer la frontière de mes lèvres, et j'atteins le lit parapluie de Cloclo en boitant. Mes yeux s'habituent à la pénombre, d'autant plus que quelqu'un a allumé la lumière dans le couloir. Mon cœur a un raté. Je tâtonne le lit vide de Philippe juste à côté de moi... Où est-il ? Mes cheveux se hérissent. Je m'empare de Cloclo, qui braille de plus belle[77], et je sors dans le couloir. J'ouvre la porte, la lumière s'engouffre dans le cagibi pour me confirmer l'absence de mon fils... mais aussi de mon mari... Où sont-ils passés tous les deux ?

Au moment où je franchis le pas de la porte du cagibi - je devrais rester dans ce cagibi au final - une immense ombre me fait barrage. J'ai un mouvement de recul et Cloclo s'égosille encore plus fort[78].

— C'est moi, dit Pierre-Marie.

Je me concentre sur la silhouette. Je confirme, c'est lui. Cloclo, qui n'a rien entendu, continue de brailler juste dans mon oreille gauche. Adieu tympan ! Je t'aimais bien, toi aussi[79] ! Pierre-Marie me tend un truc non identifié et me somme :

— Reste là et empêche Philippe de venir !

Ah, le truc non identifié est un Philippe silencieux...

---

[77] Oui, ma chérie, maman est là ! Elle essaie juste de rétablir le contact entre son cerveau cramé et le reste de son corps...

[78] Si, si ! C'est possible ! Mais comment fait-elle pour hurler ainsi avec de si petits poumons ?

[79] Vous remarquerez que les fourbes, me hurlant dans les oreilles, alternent entre la gauche et la droite pour me détruire les deux tympans ! Si ça, ce n'est pas de la malveillance, qu'est-ce que c'est ?

Trop silencieux... J'attrape mon fils, comme je peux, de mon seul bras libre - et on dit que les femmes sont de faibles créatures ! Tu parles, Charles ! - et je vois mon mari, en caleçon et T-shirt repartir vers le salon. Non, mais qu'est-ce qu'il s'est encore passé dans cette maison de fous ? Je recule de quelques pas en m'écrasant les orteils de l'autre pied[80] contre un meuble sournois, qui a changé de place dans la nuit, et je lâche les enfants sur notre lit.

— Ça va, mon poussin ? demandé-je à Philippe, toujours silencieux.

Il ne répond pas. Oh ! Mon ! Dieu ! Qu'est-ce qu'il s'est passé ? Cloclo a entendu le surnom de son frère et sort de sa transe hurlante pour l'observer. La petite main de Clotilde se referme sur la joue de Philippe qui réagit enfin !

— J'ai pas fait exprès... articule-t-il.

Mon sang se glace dans mes veines... C'est donc cela mourir un peu ?

— Tu n'as pas fait exprès quoi, mon poussin ?

— Le Père Noël...

Ah, le retour du Père Noël... Lequel ? Le vrai ou Gabin ? Réflexion faite, je me demande laquelle de ces deux propositions est la plus inquiétante...

— Je ne comprends pas, poussin... Quel Père Noël ? Tu es allé fouiller dans le salon, c'est ça ?

Ouf, mon sang se déglace. Si Philippe est égal à lui-même, il a fouiné pour vérifier que le Père Noël est bien passé. Oui, je sais, cinq ans, c'est un peu précoce pour vérifier le travail d'autrui, mais que voulez-vous ? Nous en ferons un contremaître ou un ministre ! Il devait être d'autant plus inquiet que l'épisode

---

[80] Sinon ce ne serait pas drôle...

désastreux avec Gabin a dû le convaincre que le Père Noël ne se déplacerait pas en personne cette année.

— Oui, mais c'est pas ça...

Comment ça ? C'est pas ça ? C'est quoi alors ?

— Qu'est-ce qu'il se passe, mon chéri. Dis-moi, je te promets que je ne me mettrai pas en colère.

Cette famille rend les gens fous, alors pourquoi pas les enfants ?

— Tu as ouvert les cadeaux ?

Clotilde se tend comme un arc ! Sacrilège !

— Non ! s'insurge Phiphi. Mais le Père Noël, il est tombé !

« Le Père Noël, il est tombé... » Débrouille-toi avec ça... Bien, je pense qu'il est temps que j'aille jeter un coup d'œil dans l'asile de dingues, qui nous sert de lieu de villégiature. Dommage, je n'ai pas ma pelle[81]...

— Vous restez ici et vous ne bougez pas.

Le ton est autoritaire. Les enfants savent que je ne plaisante pas. J'enfile mes pantoufles - marre de me fracasser les orteils contre tous les obstacles que cette maison de l'horreur met devant moi - et je m'engouffre dans le couloir. Je n'ai que quelques mètres à faire avant de tomber sur l'attroupement familial.

Réunis au bas de l'escalier, Xavier, Rose-Marie et Pierre-Marie observent en silence le corps désarticulé de Gabin... Sans exagération, c'est normal l'angle de la tête ou il s'est cassé le cou ? Oh ! Mon ! Dieu ! « J'ai pas fait exprès ! », « Le Père Noël, il est tombé ! », Philippe a poussé Gabin dans l'escalier...

† ☠ †

---

[81] À la réflexion, je me demande si la règle n°4 ne devrait pas devenir la règle n°1... Mais si vous savez ! Règle n°4 : avoir une bonne pelle en cas de besoin.

Reprends-toi, ma grande, si cela se trouve, personne n'est au courant... Ou peut-être Pierre-Marie... Mon Dieu ! Mon Dieu ! Mon Dieu ! Que suis-je supposée faire ? Dénoncer mon fils ? Que se passera-t-il pour lui ? Il est si petit, si jeune... Il ne savait pas ! Il ne pouvait pas comprendre ! Une minute, papillon... Philippe a toujours eu horreur des escaliers. Personne ne me fera croire qu'il est monté seul en haut de ce grand escalier pour pousser un homme adulte... En plus, pousser un homme ? Philippe ? Une crevette de cinq ans ? Non, Phiphi n'a pas pu pousser Gabin, alors quoi ? Quelle est l'alternative ? Pourquoi Philippe est-il si perturbé ? Il aurait vu Gabin tomber ? Il aurait été surpris par lui en train de farfouiller et son oncle serait tombé en tentant de descendre l'escalier ? Ou c'est encore une tout autre histoire. Bien, garde la tête froide. Pour le moment, je vais m'en tenir à mon habitude. Plan A : silence et observation[82].

Je m'approche du groupe qui murmure. Je glisse un coup d'œil vers Gabin... Pas de doute, il a cassé sa pipe et pas qu'un peu. En plus de l'angle peu ragoûtant que fait son cou, il a une drôle de tête. Tout tordu, un peu cyanosé, il grimace, comme s'il avait souffert jusqu'à la dernière seconde. Je n'aime pas ce que je vois. Je ne suis pas médecin, mais ça m'étonnerait que cet homme ne soit mort que des suites de sa chute... Je regarde Xavier et Rose-Marie. Ils sont scientifiques tous les deux, pharmaciens. Si la mort de Gabin me paraît suspecte, je pense qu'ils doivent en savoir long sur le sujet...

— Il est mort de quoi ? murmuré-je.

---

[82] Oui, au fil des ans, j'ai mis au point plein de stratégies et de plans d'action... Question de survie !

Xavier, accroupi à côté de la victime, lève les yeux vers moi. Il est un peu affolé, le regard fou. Je comprends, mais on pourrait s'attendre à mieux de la part d'un homme de sciences...

— Le cou brisé, tranche-t-il.

Je tente de réprimer un haussement de sourcils. Tu me prends pour une truffe, Xavier ? Contrôle-toi, ma grande, la partie de poker menteur ne fait que commencer. Je rentre dans son jeu et j'acquiesce en silence. Le silence me permet toujours de réfléchir plus à mon aise, sans tabou, sans limite. Par exemple, en ce moment, si je prenais la parole, ce serait pour dire : « T'es aveugle, Xavier ? Tu vois pas que cet homme est cyanosé, qu'il est tordu de douleur et que ce n'est pas une chute dans l'escalier qui a causé ça ? Ce gars a été empoisonné ou je ne m'appelle plus Miss Marple ! ». Vous comprenez pourquoi je m'en tiens souvent à mon plan A[83]...

En revanche, je suis d'accord avec la Miss Marple qui sommeille en moi[84]. Selon toute vraisemblance, cet homme n'est pas seulement mort de sa chute dans l'escalier. Je ne sais pas encore de quoi il retourne, mais je vais comprendre. Poison ? Peut-être pas quand même... J'ai trop lu de romans d'Agatha Christie, voilà tout... Peut-être est-ce dû au fameux mélange de médicaments et d'alcool évoqué hier soir ? Était-ce assez puissant pour entraîner un malaise ? Pourquoi pas. Gabin a-t-il eu la malchance de se trouver en haut de l'escalier quand il a été pris dudit malaise ?

---

[83] Quoi ? Vous avez déjà oublié ! Plan A : silence et observation ! Concentrez-vous que diantre !

[84] Oui, la petite vieille qui fourre son nez partout et déterre tous les secrets ! Un vrai chien truffier cette mamie ! Comment ça, sacrilège ? Je suis dans ma tête, je pense ce que je veux !

Re-pourquoi pas, mais ça commence à faire beaucoup de coïncidences. Gabin serait tombé dans l'escalier et aurait été tué sur le coup, sans que personne ne s'aperçoive de sa détresse ? Là, désolée, ça fait trop de « Pourquoi pas ». Si je résume, pour que la mort de Gabin soit accidentelle, il faudrait que :

1. Les marques manifestes de cyanose et de douleurs soient dues au mélange médicaments-alcool évoqué ;

2. Que, malgré son état, il soit sorti de son lit et de sa chambre sans que personne - ni son épouse shootée au Lexomil, ni Xavier qui était supposé veiller sur lui, mais est-il resté ? - ne se soient aperçus de sa disparition ;

3. Qu'il fasse un malaise juste en face de l'escalier ;

4. Qu'il se brise proprement le cou dans sa chute...

Miss Marple n'aime pas ça, moi non plus ! Admettons que tout cela soit juste, reste encore à savoir de quels médicaments nous parlons, qui les a fournis et était-ce bien légal ? Rose-Marie semble généreuse avec le Lexomil et, *a priori*, elle a donné des calmants à sa sœur sans ordonnance. En a-t-elle aussi donné à Gabin ? Était-ce habituel ou exceptionnel ? De quoi le couple de pharmaciens dispose-t-il encore dans sa trousse à miracles ? Force est de constater qu'il n'y a pas que des pansements-nounours à l'intérieur ! Si Xavier ou Rose-Marie se sont montrés trop généreux en matière d'anxiolytiques vis-à-vis de Gabin, je comprends mieux le mensonge éhonté de Xavier... Il tente de protéger son épouse... ou lui-même... En revanche, la question est : vais-je me contenter de ce genre d'explications ? Certainement pas ! Je n'aimais pas Gabin, mais je ne suis pas prête à gober n'importe quoi... Cet homme avait le droit de vivre comme tous ses semblables, en paix et en braillant toutes les âneries qui lui passaient par la tête.

Et, encore, je raisonne sur l'hypothèse selon laquelle la mort de Gabin est accidentelle... Si, d'une manière ou d'une autre, il a été aidé à rejoindre ses ancêtres avant la date prévue, je ne vais pas du tout me montrer conciliante... parce que cela signifierait qu'il y a un tueur dans la famille[85]... Je vais peut-être laisser tomber la pelle et aller chercher la hache, finalement...

---

[85] Tiens, c'est la nouveauté de l'année ! Celle-là, les Martin du Desclin ne me l'avait pas encore faite ! Félicitations ! Très festif ce Noël en votre compagnie !

Chapitre 16.

Et deux pipes se cassèrent...

Lundi 25 décembre – Temps « on n'est plus à ça près ». Ambiance plus proche d'« Amityville - La maison du Diable » que du « Miracle de la 34ème rue »... Joyeux Noël, au fait !

Trois heures plus tard, la maison grouille de monde... Il a fallu que j'insiste pour que nous appelions le médecin de famille avant de bouger le corps. Xavier plaidait pourtant pour que nous installions Gabin dans son lit « par décence »... Il faut croire que je suis indécente car, non seulement j'ai insisté pour que le corps soit laissé en l'état et j'ai trouvé sa proposition déplacée, voire suspecte. Pour ma part, je considère que ce n'est pas à nous de décider si la mort de Gabin est accidentelle ou pas. Nous sommes tout de même confrontés à une mort brutale ! Les Martin du Desclin m'ont assez cassé les pieds par le passé, pour que je ne me laisse pas embarquer dans une histoire grotesque de dissimulation de je ne sais quoi ! Si Xavier et/ou Rose-Marie ont donné des médicaments en dépit du bon sens, cela ne me concerne en rien[86]. Bref, le médecin est arrivé et il n'a pas plus aimé que moi ce qu'il voyait, puisqu'il a appelé la gendarmerie.

Au tour donc des gendarmes de nous rendre visite afin de mettre au clair les circonstances de la mort de Gabin... Quand la gendarme en chef[87] passe la porte, je me dis que cette grande dame noire ne va pas être facile à amadouer ! Tant mieux ! Le Major Julietta Margoly, officière de police judiciaire, a un charmant accent chantant des Antilles, mais quelque chose me dit que le reste de sa personnalité n'a rien de chantant. Elle se tient droite comme la justice en entrant dans la maison, impose sa présence avec calme et assurance, observe le corps en compagnie du médecin, resté sur place, et se redresse d'un bond, arrachant un petit cri lamentable à Rose-Marie... Nerveuse la belle-sœur... D'ailleurs, son couinement n'a pas échappé au major...

— Ne vous inquiétez pas, Madame, il ne s'agit que d'une enquête de routine en vue de l'établissement d'un procès-verbal relatif aux circonstances de la mort de votre beau-frère...

Je ne sais pas pourquoi, mais quand elle a dit « enquête de routine », je ne l'ai pas cru... Elle a l'œil trop vif, les sens trop aux aguets pour que le mot « routine » puisse recouvrir sa signification habituelle. Je l'observe pendant qu'elle discute des « circonstances extérieures » ayant entraîné la mort de ce pauvre Gabin - oui, maintenant qu'il est mort, je le plains -. C'était le pire emmerdeur que j'ai vu depuis longtemps, mais il ne méritait pas de mourir ainsi, les os fracassés par une

---

[86] Pour dire vrai, ça m'embête beaucoup... mais que faire d'autre ?

[87] On voit que c'est la patronne, mais je ne sais pas comment l'appeler ! Ça va, on n'a pas tous fait l'armée !

chute dans les escaliers. Toutefois, cette expression « circonstances extérieures » m'interpelle. Qu'est-ce que cela peut bien vouloir dire ? Est-ce que le Major Margoly soupçonne déjà que Gabin a été aidé pour faire le grand saut ou est-ce une simple expression pour dire qu'on ne sait pas encore ce qui a causé la mort ? Le médecin fait une drôle de tête, tout de même.

Plongée dans mes observations, je prends soudain conscience que je suis la seule à rester dans le couloir en compagnie de l'OPJ et du médecin[88]... Ce détail n'échappe pas au major qui s'adresse soudain à moi :

— Veuillez m'excuser, Madame, je n'ai pas compris qui vous étiez par rapport au défunt.

Elle me vrille de ses prunelles sombres et, l'espace d'un instant, je me félicite d'être innocente. Il ne doit pas faire bon avoir cette dame aux fesses quand on est coupable !

— Je suis Chloé, l'épouse de Pierre-Marie Martin du Desclin, le frère de l'épouse du défunt.

— Donc, vous n'avez aucun lien de parenté avec le défunt... marmonne-t-elle plus pour elle-même que pour moi. Avez-vous quelques minutes à m'accorder, Madame ?

Je suis surprise, mais j'acquiesce d'un hochement de tête. Elle me montre la porte d'entrée d'un geste aimable... Manifestement, notre gendarme veut s'entretenir avec moi loin des oreilles indiscrètes. Oh ! Mon ! Dieu !

Lorsque nous sommes dehors, elle jette un coup d'œil aux fenêtres du premier étage et nous voyons toutes les deux Rose-Marie disparaître derrière un

---

[88] C'est tout moi, ça ! Les autres filent à l'anglaise et je reste comme une cruche à observer ce que je ne devrais pas !

rideau...

— Qu'avez-vous vu ou remarqué ? demande-t-elle de but en blanc.

Je suis très déçue ! Je pensais qu'elle allait me manipuler tel un Columbo, avec de multiples questions alambiquées, pour faire jaillir la vérité toute nue à la fin de la conversation et... rien... Elle se contente de me demander ce que j'ai vu ou remarqué ! C'est honteux ! Une insulte à tous les détectives de romans !

— Je sais regarder les gens, se contente-t-elle de préciser avec un sourire éblouissant.

— Vous devez vous douter que je suis très ennuyée... Il s'agit de ma belle-famille, tout de même.

Elle lève un sourcil et rit de bon cœur.

— Une belle-famille si peu préoccupée par vous, qu'ils s'éloignent tous en se rassurant les uns les autres, mais en vous oubliant en compagnie du cadavre.

Touchée... Je pince les lèvres... Merde ! Coulée même ! Le major me fixe de son large sourire.

— Je vous l'accorde, je ne m'entends pas avec ma belle-famille mais, justement, cela ne fait peut-être pas de moi un bon témoin !

— Dites toujours, nous verrons bien.

Pfffff... Je ne vais pas pouvoir y échapper, alors autant en finir vite !

— Hier soir, Gabin a eu un malaise assez important dans la soirée. Il a voulu se déguiser en Père Noël et il a vomi dans le salon devant les enfants... Je vous précise que je n'appréciais pas cet homme. Il était grossier et méchant parfois...

Aïe, il faut que je parle du coup de pelle... Quelle misère !

— Je vous écoute.

— S'il y a une autopsie, vous allez sûrement voir une

trace sur la joue et la pommette gauche de Gabin, c'est moi. Je l'ai...

Merde ! Pour une fois que je pète un plomb, il faut que le crétin meure et que j'avoue mon forfait à une gendarme qui n'a pas l'air commode ! C'est vraiment pas juste !

— Il a fait un croc-en-jambe à Philippe, mon fils de cinq ans, et je lui ai mis un coup de pelle en plein visage...

Franchement, je n'en mène pas large, mais je préfère dire tout de suite la vérité.

— Pardon ?

Le Major Julietta Margoly ne semble pas en croire ses oreilles. Puis, le métier reprend le dessus et elle conclut :

— Avec quelle force le coup de pelle ?

Je ne sais pas... Je ne me suis pas posé la question. Elle doit comprendre mon ignorance à ma tête puisque, comme à chaque fois que je suis prise en défaut, je me frotte la joue droite du bout des doigts.

— Je ne sais pas...

— À quelle heure avez-vous frappé cet homme ?

— En fin de matinée, juste avant le déjeuner. Il est allé à l'hôpital avec son épouse et en est revenu en conspuant les médecins qui refusaient de le soigner selon lui...

— Quel hôpital ?

— Je ne sais pas, mais Louise-Marie doit le savoir...

Elle hoche la tête, tout en observant mon visage.

— C'est lui qui vous a fait le bleu à la pommette ?

Re-merde ! Vous avouerez que je n'ai quand même pas de chance !

— Non, c'est son épouse. Juste après leur retour de l'hôpital, elle m'a giflée...

Le major pince les lèvres en une moue peu amène...
Elle n'aime pas du tout ce que je lui raconte... Elle
focalise soudain son attention sur ma main qui frotte
ma joue... Re-re-merde, j'avais oublié que j'avais
explosé mon poing sur la mâchoire de ma belle-sœur...
C'est un cauchemar...

— Et j'ai riposté en mettant un coup de poing à ma
belle-sœur...

Elle hoche la tête d'un air entendu. Je lis clairement
sur son visage : « Je sais quel genre de personne vous
êtes ma petite dame ! ».

— D'habitude, je suis plutôt calme... tenté-je de me
défendre.

— Sauf quand vous êtes confrontée à votre
belle-famille... Toutes ces précisions sont très
éclairantes, mais vous ne m'avez toujours pas dit ce que
vous avez vu.

Pour le coup, je suis un peu perdue... Je me voyais
déjà avec des menottes et en garde-à-vue, mais le
Major Margoly n'a pas l'air de vouloir m'embastiller
tout de suite...

— Qu'est-ce que j'ai vu ? répété-je comme une idiote.
Ah oui, Gabin. Il était très malade. Malade au point de
ne pas pouvoir monter seul l'escalier. Nous avons été
inquiets et Xavier a suspecté un mélange
médicaments-alcool...

— Monsieur Xavier Juillard ? Le pharmacien, c'est
cela ? demande-t-elle en fronçant les sourcils.

— Oui, il est resté quelque temps auprès de Gabin,
car son état ne lui disait rien qui vaille...

— Combien de temps ?

— Je ne sais pas.

Elle serre la mâchoire... *Il y a quelque chose de*

pourri au royaume du Danemark[89]...

— Est-ce que vous avez vu votre défunt beau-frère boire plus que de raison ? s'enquiert-elle.

— En toute honnêteté, je me suis fait la réflexion hier soir. Non, il n'avait pas bu assez pour être malade comme ça...

Elle hoche la tête...

— Vous êtes une drôle de femme, Madame Martin du Desclin. La plupart des gens refusent de parler et, vous, vous avouez tout en bloc. Tout et même plus que ce que l'on imagine. La question est pourquoi ?

Je me redresse, droite comme un i. Je dis la vérité - du moins ma vérité - et il ne manquerait plus que cela me retombe sur le nez !

— Je sais très bien que, tôt ou tard, vous découvrirez tout ce que je vous ai dit, alors autant vous le dire moi-même !

Elle sourit en coin.

— Très bien... En revanche, Madame, je suis au regret de vous demander de rester quelques jours ici pour les besoins de l'enquête.

Hein ? Non ! Je veux rentrer chez moi ! J'en ai marre !

— Mais combien de jours ? dis-je au bord de l'accablement.

— Je ne sais pas.

Cette réponse me plonge dans le désespoir, pour le coup, mais je n'ai pas le loisir de m'y complaire[90]. Xavier surgit comme un fou par la porte d'entrée, les yeux exorbités. Il se précipite vers nous, horrifié.

---

[89] Oui, je cite Hamlet... J'ai quelques lettres, même si ce n'est pas flagrant dans cette histoire...

[90] Nous sommes chez les Martin du Desclin, pas le temps de mollir !

— Il y en a un autre ! hurle-t-il.

— Un autre quoi ? demandé-je.

Le major semble avoir compris quant à elle, puisqu'elle se précipite dans la maison. Xavier la regarde passer sans me répondre.

— Un quoi ? insisté-je.

— Un corps ! hurle-t-il hors de lui.

Je crois que je vais avoir une crise cardiaque... Un corps ? Quel corps ? Mais c'est quoi ce truc ! Il y a un poltergeist qui a décidé de tous nous éliminer ? Cthulhu a été invoqué[91] ? Après le Père Noël qui pue, le clown de « Ça » rôde dans la baraque ? On est où ici ? À Amityville ? Dans l'hôtel Overlook ? Je me précipite dans la maison à mon tour[92]. Je vois l'uniforme de la gendarme disparaître à l'étage et je m'engouffre dans l'escalier à sa suite. Je gravis les marches, quatre à quatre, pour découvrir l'attroupement devant la porte d'une chambre.

L'enquêtrice se fraye un chemin jusqu'à l'entrée et glisse un œil à l'intérieur. Elle pince les lèvres et conclut :

— Là, nous passons de morts violentes à morts suspectes.

C'est qui ? Je jette un coup d'œil et vois le médecin penché sur un corps alité... Merde, Yvonne !

Oh ! Mon ! Dieu ! Mais c'est la malédiction de la momie ici ou quoi ? Là, je vous préviens, nous ne sommes pas sortis de l'auberge ! Et rouge l'auberge, en plus !

---

[91] Pour le coup, ça ne m'étonnerait même pas des Martin du Desclin ! Quand je vous dis que ce sont des dégénérés !

[92] Et je n'ai même pas le numéro de téléphone d'un bon exorciste ! Merde ! Vous croyez qu'une pelle est efficace contre un démon de l'Enfer ?

† ☠ †

La guérilla sournoise selon Chloé[93]

Règle n°1 : déstabiliser l'adversaire.

Règle n°2 : manipuler l'adversaire.

Règle n°3 : annihiler l'adversaire.

Règle n°4 : avoir une bonne pelle en cas de besoin.

Règle n°5 : éclater les cons à coups de poings. Éviter d'utiliser la pelle précitée.

Règle n°6 : planquer les couteaux et les haches...

Règle n°7 : ne jamais partir sans le numéro de téléphone d'un bon exorciste, ça peut servir dans la maison de l'horreur !

---

[93] Mise à jour n°4 du tableau en fonction des événements... Vous le croirez ou pas, j'ai longtemps limité ma liste à 4 principes... Elle prend une expansion inquiétante !

Chapitre 17

Joyeux Noël !!! Ou pas...

Ce qu'il y a de merveilleux avec les enfants, c'est que le contexte extérieur - comprendre le monde des adultes - ne les préoccupe pas. Nous avons nos impératifs, ils ont les leurs. Au beau milieu des gendarmes, des pompiers, des médecins et de tous les braves gens qui ont bien voulu envahir la maison le jour de Noël, les enfants se font un devoir d'ouvrir leurs paquets avec une constance qui force l'admiration. Au milieu des cris hystériques de leur tante Louise-Marie - qui vient certes de perdre sa mère et son mari, ce qui fait beaucoup pour une seule nuit de Noël -, des mensonges éhontés de leur autre tante Rose-Marie - mais, bien sûr que Gabin et Louise-Marie ont des ordonnances pour leur Lexomil -, des allées et venues de tous - Joyeux Noël les enfants ! -, mes chouchous sont assis à même le sol en train de défaire avec soin leurs cadeaux. Surréaliste et rassurant à la fois.

Pierre-Marie est venu nous rejoindre un instant et s'empare de ma main. Il la presse à intervalles réguliers comme une balle anti-stress. J'ignore si c'est pour me rassurer ou se rasséréner lui-même, mais je crois que cela nous fait du bien à tous les deux. D'ailleurs, mon esprit s'éclaircit... Comment ça Gabin avait une ordonnance pour son Lexomil ? Je savais que Rose-Marie avait donné du Lexomil à sa sœur hier après-midi mais, en dehors de l'hypothèse selon laquelle le malaise de Gabin pouvait être dû à un mélange médicaments-alcool, nous n'avions eu aucune précision à ce sujet... Ainsi, Gabin aurait-il, lui aussi, pris du Lexomil ? Heu... Ils confondent ce calmant avec des bonbons dans la famille ou quoi ? Ai-je épousé le seul membre de la famille sain d'esprit ? Réfléchis Chloé... Deux morts en une seule nuit, cela fait beaucoup. S'il n'y en avait eu qu'une, nous aurions pu croire à un accident, une surdose médicamenteuse, une mort naturelle, mais deux en une nuit, c'est trop. L'une ou l'autre mort est le fruit d'un projet criminel. Le problème est que si empoisonnement il y a eu[94], cela ne peut être le fait que d'un membre de la famille. Je déteste cette famille[95] !

— Maman ! Regarde ! Le Père Noël est trop bien ! s'enthousiasme Philippe.

Il allie le geste à la parole et me montre la figurine de super-héros, que j'ai eue tant de mal à trouver. Bon, au moins, il est content... Il sourit de toutes ses dents et sa joie fait chaud au cœur. Même le rude gendarme, qui vient de passer à côté de nous, esquisse un sourire... Je ne sais pas s'il existe l'équivalent de l'échelle de Richter pour les emmerdes, mais ce Noël mérite un bon 11/10. Et encore, il n'est que onze heures du matin ! On peut faire mieux !

En parlant de performance hors-norme, Xavier

---

[94] Misère, avec ma chance, cette famille descend de la Marquise de Brinvilliers ! On va tous y passer !

[95] Je l'ai déjà dit ? Ah bon ?

entre dans le salon en compagnie du Major Julietta Margoly. La gendarme n'a pas l'air de plaisanter. A-t-elle compris que nos pharmaciens distribuaient avec un peu trop d'enthousiasme tout un tas de pilules du bonheur ? Même s'il ne s'agit que de suppositions de ma part, si j'étais à la place de l'enquêtrice, je creuserais la question.

— Joyeux Noël, les enfants, dit-elle avec un franc sourire.

Elle a l'air plus gentille comme ça. Zut, elle se tourne vers moi.

— Madame Martin du Desclin, puis-je vous parler en privé ?

Tous les regards convergent vers moi.

— Heu, oui, bafouillé-je avec maladresse.

Je fais mine de me lever, mais la main de Pierre-Marie me retient et m'oblige à me rasseoir sur le sol.

— Chloé ne va pas pouvoir vous aider, Madame. En dehors de moi, elle n'a aucun lien avec cette famille et nous vivons de l'autre côté de la France.

Le major l'observe un instant. Elle a un regard à transpercer une armure lourde.

— Je sais, Monsieur, mais je veux lui parler.

Pierre-Marie comprend que, de toute façon, il n'en sera pas autrement. Ici ou à la gendarmerie, je parlerai avec elle, alors autant le faire ici et maintenant. Je lui tapote la main et me lève.

— Maman, tu vas où ? s'indigne soudain Philippe.

Décidément, les hommes de ma vie ont décidé de me mettre des bâtons dans les roues.

— Je vais parler avec la dame.

— Mais, pourquoiiiiii ? couine-t-il.

— Parce que je dois lui parler.

Avant que le grand jeu des « Pourquoi » ne reprenne, je m'éloigne, aussitôt suivie par la gendarme. Sans y réfléchir, je fonce vers le jardin, comme s'il s'agissait de notre lieu de rendez-vous privilégié.

Nous nous installons sous le plus grand chêne de la propriété. Même s'il mériterait une bonne séance d'élagage, cet arbre est majestueux et a quelque chose de rassurant... Et, croyez-moi, j'ai besoin d'être rassurée.

— De quoi est morte Yvonne ? attaqué-je bille en tête.

Le major ne peut s'empêcher de sourire.

— Généralement, je pose les questions.

— J'ai besoin de savoir, expliqué-je.

— Pourquoi ?

Oh non ! Pas le jeu des « Pourquoi » avec une gendarme !

— Parce qu...

Je ne sais pas en fait. Pourquoi ai-je ce besoin impérieux de savoir de quoi est morte Yvonne ? Pour m'assurer que nous ne sommes pas en danger ? Parce que je suis d'un naturel curieux ? Un peu tout à la fois ?

— Est-ce une mort naturelle ? demandé-je finalement.

— Vous n'avez pas répondu à ma question.

Pffffff. Elle n'est pas drôle cette enquêtrice.

— Je ne sais pas. Je crois que j'ai besoin d'être rassurée.

— Que soupçonnez-vous, Madame ?

Je me mords la lèvre inférieure. C'est une bonne question. Est-ce que je le sais seulement ? Oui, j'ai peur qu'il y ait un meurtrier parmi nous et qu'il s'en prenne à nous maintenant ! Pourtant, est-ce que je peux en parler à une gendarme…

— Vous faites partie de ces gens qui ne savent pas mentir, explique soudain l'enquêtrice. Avec un peu de technique, tout peut être lu sur votre visage, c'est pourquoi vous êtes si intéressante. Je n'ai rien contre vous en particulier. Les gens qui avouent sur l'instant toutes leurs fautes sont rarement des criminels endurcis. Pourtant, votre belle-sœur vous a dénoncée. Vous auriez menacé de mort son époux…

Je réfléchis. Oui, c'est vrai ! J'entends encore ma propre voix dire : *Si tu t'approches encore de lui, je te tue !*

— C'est vrai, confirmé-je.

— Et rien d'autre ?

— Que voulez-vous que je vous dise ? Je l'ai menacé de mort sur l'instant. De là à fomenter un plan pour l'assassiner, je trouve qu'il y a un pas…

— Je suis d'accord.

Elle me fixe de ses yeux sombres et cherche en moi un doute, une peur, que sais-je ? Je soutiens son regard, je n'ai rien à me reprocher, en dehors de ce que j'ai déjà avoué.

— Pour répondre à votre première question, je veux savoir si Gabin ou Yvonne ont été assassinés. Parce que, si c'est le cas, il y a un meurtrier parmi nous.

— Pas de visite d'une tierce personne hier soir ?

— Non.

— Pas de visite dans la journée.

— Non.

— Et cette nuit ?

Je réfléchis.

— Je ne sais pas… avoué-je. Je suis partie me coucher assez tôt, peu après les enfants. Je n'ai pas aidé à nettoyer le salon, ni à installer les cadeaux… J'étais…

en colère, dépitée, j'avais peur que cette bande d'imbéciles ne gâche la magie de Noël pour mes enfants...

Je me frotte le visage de mes deux mains. Aïe, j'ai encore mal à la pommette.

— Vous n'avez donc pas vu l'ordre de départ du salon.

Je fais un signe négatif de la tête.

— Non, j'étais la première à partir, en dehors de Gabin et Xavier qui devaient être en haut...

Elle me regarde avec attention.

— Vous n'en êtes pas sûre ?

Je fronce les sourcils. Pourquoi ai-je formulé ma pensée sous cette forme ? C'est vrai que cela peut prêter à confusion...

— Je suis sûre que Gabin était en haut. Dans l'état où il était, il aurait été incapable de descendre tout seul. J'ai vu Xavier et Pierre-Marie, qui le soutenaient chacun par un bras, et je les ai entendus le traîner jusqu'à l'étage. Je me suis même fait la réflexion, que ce n'était peut-être pas très prudent de le faire monter à l'étage...

J'aurais dû suivre ma pensée première et leur dire de le laisser sur le canapé du salon... En face de moi, le major hoche la tête.

— Est-ce que vous avez entendu quelque chose cette nuit ?

Je réfléchis. Non, j'ai dormi comme un pavé.

— Non. Je me suis à peine réveillée quand Pierre-Marie m'a rejointe dans le lit...

— C'est habituel pour vous d'avoir le sommeil lourd ?

Je roule des yeux ébahis. Non. Elle a raison.

— Non, vous avez raison... J'ai plutôt le sommeil

léger avec les enfants et... C'est bizarre... Après les événements de la journée, je me suis allongée sur le lit pendant que les enfants dormaient. Je voulais rester avec eux. J'étais sur le qui-vive et décidée à garder un œil ouvert... Et je me suis endormie comme une masse...

La gendarme hoche la tête.

— Avez-vous bu de l'alcool hier soir ? Autre chose ?

Alors là, le ciel me tombe sur la tête ! Le Major Margoly soupçonnerait que j'ai été droguée ? Non... Quand je me suis levée ce matin, j'étais un peu embrouillée, c'est tout... Quoi d'autre ?... L'image de Rose-Marie montrant la tasse de tisane me revient à l'esprit.

— Ma belle-sœur m'a donné une tisane...

Elle sourit et hoche la tête.

— C'est un peu léger pour s'endormir comme vous l'avez fait.

— Je ne prends jamais rien. Je veux garder le contrôle ! Et je n'étais pas vaseuse ce matin. Je suis sûre que ce n'était qu'une tisane. Rose-Marie n'est pas folle.

— Très bien.

Elle s'éloigne de quelques pas, puis se retourne d'un bloc.

— Soyez prudente tout de même.

Elle tourne les talons et s'en va, me laissant là, comme une idiote. Pourquoi m'a-t-elle dit cela ? Franchement, je n'en avais pas besoin ! J'ai failli faire pipi dans ma culotte de trouille ! Mon regard se perd vers la maison et, soudain, je la vois...

— Toi, ma pépette, tu vas venir avec moi.

Je fonce vers l'appentis et je m'empare de la pelle.

Chapitre 18.

Un repas de Noël presque parfait !

Je crois que là nous touchons le fond ! Alors que le bon sens voudrait que nous nous recueillions - deux morts dans une famille me semblent une bonne occasion de se recueillir -, nous sommes réunis autour d'une table plus ou moins de fête, avec des habits de deuil pour ceux qui en avaient, des habits du dimanche pour les autres, autour d'une pauvre dinde et de marrons. La volaille avait été achetée[96], autant la manger, mais le cœur n'y est pas. Seuls les enfants sont contents, ils pépient joyeusement, s'enthousiasmant de leurs cadeaux. J'ai bien essayé de leur expliquer que mamie et tonton avaient eu un problème, cela n'a pas eu l'air de les perturber. Tout au plus, Philippe et Clotilde ont trouvé dommage que leur grand-mère ne soit pas là pour faire des biscuits avec eux. Non, c'est vrai, je n'ai pas eu le courage de leur annoncer que mamie et tonton étaient morts tous les deux la même nuit, le soir de Noël ! Je pense que cela ne presse pas à vingt-quatre heures près ! Vu le désastre de la veille

---

[96] Bel effort, mais encore à côté ! C'est un don. Quoiqu'ils fassent les Martin du Desclin tombent à côté !

avec le Père Noël qui vomit tripes et boyaux dans le salon, je veux éviter que les enfants ne s'imaginent que le gros bonhomme rouge s'amuse à tuer les gens dans la nuit ! Je crois que c'est mieux pour leur développement psychologique !

Bref, les enfants fêtent Noël et nous sommes en deuil. D'ailleurs, je suis assez étonnée. Je ne sais pas si les Martin du Desclin ont l'habitude de garder leurs sentiments pour eux, s'ils sont spécialement entraînés pour ce genre d'événement mais, mise à part Louise-Marie qui a les yeux bouffis, les autres ne semblent pas affectés. Pierre-Marie serre la mâchoire, seul signe chez lui d'une quelconque émotion. Je pense que la perte de Gabin ne le préoccupe pas, mais je l'aurais cru plus attaché à sa mère... Rose-Marie discute avec Xavier de la pluie et du beau temps. Pour ma part, je me tiens coite, mais j'écoute. Plan A, vous vous souvenez ?

Le seul moment où Louise-Marie a ouvert la bouche - sauf pour avaler la dinde précitée et ses marrons -, c'est pour parler d'argent. J'ai bien failli en avaler de travers la dinde et ses marrons. C'est ton seul sujet de conversation ? Vraiment ? Malgré ses yeux de lapin albinos, elle ne perd pas le nord. Elle a soudain pris conscience qu'elle était une femme riche. Non seulement elle va toucher, comme les autres, sa part d'héritage, mais elle va recevoir le montant de l'assurance-vie que Gabin avait contracté à son profit... Tiens donc, dans la famille « La bête humaine », je demande le spéculateur... D'accord, c'est mal, mais quand même ! Ce n'était pas la peine de nous casser les oreilles avec les vices du capitalisme pour prendre des assurances-vie ! En revanche, je suis étonnée. Je ne pensais pas que Gabin pouvait s'être montré si prévoyant vis-à-vis de son épouse...

L'atmosphère change à l'instant même où le mot « assurance-vie » est prononcé. La tablée se charge d'une énergie nouvelle et, quand le montant de cinq cent mille euros est annoncé, on s'extasie sur ce bon vieux Gabin et sa grande prudence... Ainsi, Louise-Marie est-elle celle qui retire le plus de monnaies sonnantes et trébuchantes des morts de cette nuit... Elle gagne une indépendance financière inespérée pour une femme ayant toujours refusé de travailler. Arguant que la place naturelle des épouses était au foyer, elle s'est toujours arrangée pour ne pas faire grand-chose, à part prendre soin d'elle... Oui, d'accord, c'est re-mal, mais bon, avec tout ce que j'ai entendu sur mon manque total de considération pour l'éducation des enfants, parce que je refusais de quitter mon emploi pour les élever, je pense que je peux être mauvaise langue ! En plus, je n'embête personne, puisque je n'ai cette discussion qu'avec vous ! Bref, je m'étonne que Madame Parfaite pense aux sous ici et maintenant ! Les corps de son mari et de sa mère ne sont même pas encore froids, qu'elle songe déjà à l'argent... C'est pas joli-joli, Madame Parfaite !

Quant à Rose-Marie et Xavier, ils sont un peu trop intéressés par le montant potentiel de l'héritage pour se montrer décents. Je suis très déçue ! Décidément, il n'y a personne à sauver dans cette famille, à part peut-être Pierre-Marie qui se tait tout autant que moi. Je me demande à quoi il pense...

En fait, vu de l'extérieur, je pourrais donner l'impression d'être la plus affectée par ces deux morts, alors que je ne portais ni ma belle-mère, ni mon beau-frère dans mon cœur. Ils m'ont trop rejetée pour que je puisse ressentir une quelconque sympathie à leur égard. Vous voulez un exemple ? Le dernier en date - qui deviendra le dernier tout court -, devinez qui n'a rien eu au pied du sapin ? C'est Bibi ! Et oui, même si Pierre-Marie a été très clair - selon ses propres dires - avec sa famille, ils ont tous oublié Chloé ! Oh, comme c'est étrange ! Je m'en fiche, j'ai piqué la pelle et je crois bien que je vais la mettre dans le coffre au moment de partir, ça me fera un souvenir !

— C'est bien triste tout ça, remarque soudain Rose-Marie à haute voix, mais je dois avouer que cet apport d'argent ne va pas nous faire de mal !

Le cri du cœur... J'ignorais que Rose-Marie et Xavier manquaient d'argent... Dans mon souvenir, ils sont à la tête de trois pharmacies à Lyon, ce qui me semblait suffisant pour vivre sans soucis pécuniaires...

— Vous avez des problèmes d'argent ? demandé-je.

Je sais, c'est impoli, mais si je ne vais pas à la pêche aux renseignements, personne n'ira ! Rose-Marie me fusille du regard.

— Évidemment, tout le monde imagine que les pharmaciens roulent sur l'or ! Mais avec les taxes, les salaires, les marges ridicules sur la parapharmacie - et oui, avec nos trois pharmacies, nous n'achetons pas en assez grandes quantités pour bénéficier des grosses remises ! -, on arrive à peine à joindre les deux bouts ! Je suis sûre que, même toi, tu gagnes plus que moi !

Même moi ? C'est dire dans quelle déchéance elle est tombée !

Son regard se fige un instant.

— Non, pas toi ! Mauvais exemple !

Ah, pardon. Non, la déchéance ne l'a pas entraînée aussi bas que moi... J'adore ces gens ! Ça me fait rire, parce qu'avec tout leur mépris, leur suffisance, ils ne se sont jamais demandé si j'avais une quelconque compétence. Il se contente de dire Chloé est une artiste ! Donc Chloé est une va-nu-pieds, une sans-le-sou, une gagne-misère... Bref, une moins que rien à leurs yeux.

Boum ! Un poing s'est écrasé sur la table. Les enfants sursautent, perturbés dans leur digestion de Noël... Pourvu qu'ils ne pleurent pas ! Pourvu qu'ils ne pleurent pas !

— Rose-Marie ! gronde son frère. Je commence à être lassé par vos allusions ridicules ! Chloé est une femme indépendante, qui n'a besoin d'aucune leçon !

J'ai failli me démettre la mâchoire de surprise ! Merci, mon chéri. Tu es le seul à sauver dans cette famille...

— Ne t'inquiète pas, Pierre-Marie, je suis habituée...

Pierre-Marie se tourne vers moi, l'air furieux.

— Et bien, ce n'est pas normal ! Tu n'as pas à t'habituer aux rebuffades de ma famille !

Oups, mais qu'est-ce qui lui prend ? En quinze ans, il ne m'a jamais vraiment soutenu, se contentant de faire comme si de rien n'était et, là, grosse colère ?

Il se tourne de nouveau vers ses sœurs.

— Je vais vous dire une bonne chose à toutes les deux : maintenant que les parents sont morts, vous avez intérêt à être polies avec mon épouse, sinon vous ne me verrez plus !

Stupéfaction dans les rangs, moi y compris. Les gosses sont eux aussi en état de choc, ils n'en reviennent pas de voir leur père hausser la voix. D'habitude, Pierre-Marie se réserve le rôle du gentil papa, qui ne fait que des trucs sympathiques avec eux. Papa à la piscine, Papa à la patinoire, Papa au parc, etc., etc., etc... Les enfants découvrent que Papa peut avoir une grosse voix et ne pas être content...

Formidable ! Je croyais que cet état m'était réservé !
Merci Papa Noël !

Un ricanement se fait entendre.

— Et où allez-vous fêter Noël, si ce n'est ici ? se
moque Louise-Marie.

Elle me cherche l'idiote ou quoi ?

— Dans ma famille, aussi surprenant que cela puisse
te paraître.

Un grand blanc suit mon intervention. Quoi ? Ils
sont débiles au point d'avoir oublié que j'ai une
famille ? Ils les ont pourtant vus le jour du mariage
- d'accord, ils ne se sont pas mélangés - mais ils les ont
vus... de loin...

Je lève les yeux au ciel. Je crois que jamais je ne
m'entendrai avec eux. Les enfants se tortillent sur leurs
chaises et j'en ai soudain marre de cette mascarade de
repas de Noël. Je sors de table sans un mot, entraînant
les enfants à ma suite. En passant, j'embrasse les
cheveux châtain clair de Pierre-Marie. Il m'a certes
offert une très jolie montre cette année, mais je dois
avouer que je préfère qu'il prenne fait et cause pour
moi. Joyeux Noël, mon chéri !

Chapitre 19

Une famille tellement éplorée !

Le début d'après-midi est beau, j'en profite. Assise sur mon tronc d'arbre, je tourne mon visage vers le soleil. Les enfants courent dans le jardin, s'inventant des histoires avec leurs nouveaux jouets. Je suis bien. Un moment de paix, comme il n'y en a pas assez dans la journée. J'entends une branche craquer. Qu'est-ce que je disais ? Qui vient me casser les pieds ? Oui, je suis négative, je suppose que c'est un casse-pieds qui arrive. Vous me pardonnerez peut-être mon pessimisme actuel mais, vu les charmantes vacances que nous passons, je pense que je peux légitimement traiter ma belle-famille de casse-pieds ! Et je me trouve polie encore !

J'ouvre un œil et vois arriver Rose-Marie. Sans un mot, elle s'assied à côté de moi. Tiens, elle a dû être piquée par les paroles de son frère.

— Comment va ta famille, Chloé ?

Ouhhhh, la leçon a été plus mordante que je ne l'imaginais. Cela fait quinze ans que je suis avec Pierre-Marie, treize ans que nous sommes mariés et personne ne m'a jamais demandé comment se portaient les membres de ma famille... Ils étaient si sûrs que Pierre-Marie se lasserait de moi et divorcerait qu'ils ne se sont jamais donné la peine de s'intéresser à moi ou aux miens. Par la suite, l'habitude de ne m'adresser la parole qu'au strict minimum ou pour me dire des vacheries avait été prise et plus personne n'a fait semblant d'être aimable.

— Ils vont bien, merci.

Rose-Marie me jette un coup d'œil par-dessus son épaule.

— Je pense que si nous avions habité plus près, nous aurions pu être amies...

C'est presque un murmure, une confession. Je suis ébahie. Rose-Marie a toujours fait comme si je n'existais pas. J'ai moins à me plaindre d'elle que des autres membres de la famille mais, tout de même, elle n'a été d'aucun soutien au fil des ans.

— Je ne sais pas, avoué-je. Nous sommes très différentes et j'ai toujours été le vilain petit canard.

— C'est vrai. Je sais comment étaient les parents ou Louise-Marie. Je ne me fais aucune illusion à leur sujet. Durs, inflexibles, sûrs de leur bon droit, des gens d'une autre époque... Une époque révolue et, heureusement, terminée aujourd'hui...

Je me tourne vers elle. Je veux voir son expression. Je veux comprendre. Jamais je n'aurais parié que Rose-Marie pût me faire ce genre de confidences. Je me tais, j'écoute. L'instant est rarissime et j'ai peur de le stopper net par une intervention maladroite.

— J'ai bien conscience que nous avons été odieux avec toi, confie-t-elle. L'artiste ! Pierre-Marie aurait épousé une prostituée que cela aurait été pareil à leurs yeux.

Aïe... Ça fait mal quand même !

— Pas que j'ai quelque chose contre les prostituées,

d'ailleurs, mais ce que je veux dire, c'est que les parents et Louise-Marie ont des idées idiotes... avaient des idées idiotes... La pyramide sociale, se compromettre avec le « bas peuple »... D'ailleurs, je dois te remercier.

Je lève les sourcils d'étonnement. Elle a un faible sourire.

— Grâce à toi, j'ai pu épouser Xavier sans trop de résistance de leur part. Après une artiste, un pharmacien passait mieux !

Elle éclate d'un rire franc que je ne lui connais pas. Je réfléchis. J'aime bien réfléchir à ce que j'entends et, surtout, à ce qui est sous-entendu... « Un pharmacien passait mieux ». Je crois que je comprends...

— Tu ne m'as jamais soutenue quand j'étais ici car, en notre absence, c'était toi le vilain petit canard, conclus-je. Quand je venais, ça te faisait une pause...

Je suis assez fière de moi sur ce coup-là. Je soupçonne que j'ai trouvé une clé du personnage de ma belle-sœur... À côté de Madame Parfaite, qui jouait les martyres auprès de son mari Cornichon Ier, sans jamais songer ni à travailler, ni à divorcer, Rose-Marie faisait figure de femme moderne, indépendante et, donc, détestable aux yeux de sa famille... Intéressant...

— Pierre-Marie a toujours dit que tu étais sûrement la plus intelligente de nous tous, je pense qu'il a raison...

Tiens, Pierre-Marie leur a dit cela ? Pas devant moi, tout du moins ! Quel couillon ! Cela m'aurait aidée d'entendre ça !

— Du coup, ça explique le peu de tristesse que tu ressens à la perte de ta mère...

Elle tressaille. Le coup est dur, même venant de moi.

— Je suis désolée, m'excusé-je, mais le déjeuner était surréaliste.

Elle acquiesce en silence. Du coup, je préfère me taire aussi. Si c'est pour dire des horreurs, il vaut mieux ne rien dire.

— On a vraiment des problèmes d'argent avec Xavier. Notre comptable a fait des erreurs et l'administration fiscale a procédé à un redressement sur les trois dernières années... On est asphyxiés. C'est horrible, mais l'argent des parents va nous permettre de nous remettre à flot. Cependant, je peux concevoir que les conversations du déjeuner n'étaient pas ce qu'il y avait de mieux à faire.

Alors, ils en sont à ce point... Il ne s'agit plus de bien-être, mais de survie financière à ce que je comprends... Un bon mobile pour un meurtre, soit dit sans animosité...

— Je ne savais pas, conclus-je sobrement. Puis-je te poser une question ?

— Au point où nous en sommes, tu peux toujours demander.

Le ton est plat, comme si Rose-Marie se contrefichait de ce qui allait suivre.

— Si tu avais de telles difficultés financières, pourquoi as-tu accepté le changement de régime matrimonial de tes parents ? Tu aurais pu t'y opposer.

Elle éclate de rire... Ce n'est pas vraiment la réaction que j'attendais.

— Non seulement c'était leur argent, donc ils pouvaient bien en faire ce qu'ils voulaient, et je n'allais pas leur donner une nouvelle occasion de me critiquer.

D'accord. Rose-Marie m'apparaît soudain bien plus saine que jamais. Par conséquent, Xavier et elle ont certes des problèmes d'argent - des gros problèmes d'argent - mais cela ne l'a pas empêchée d'accepter le changement de régime matrimonial de ses parents et d'avoir ainsi l'assurance de ne rien toucher de sa part d'héritage avant la mort de sa mère... J'ai beau le tourner dans tous les sens, c'est un excellent mobile, mais elle avait une autre option qu'elle n'a pas choisie.

— Tu savais que Gabin avait pris une assurance-vie au profit de ta sœur ?

Elle roule des yeux comme des billes.

— Non ! Tu m'aurais dit qu'il avait pris une assurance-vie sur la tête de Louise-Marie avant qu'elle ne disparaisse, là je n'aurais pas été surprise !

— À ce point ?

Je suis estomaquée. Je vais de surprise en surprise, creusant toujours plus profond dans les entrailles des Martin du Desclin et je vous assure que ce n'est pas joli à voir !

— Il était odieux, confie-t-elle. Louise-Marie est une snob, feignante et un peu idiote, mais elle ne méritait pas ça !

Bonjour le portrait de la sœurette ! Ça fait plaisir à voir tout cet amour fraternel ! Snob, sans aucun doute. Feignante, je veux bien le croire. Idiote, je suis plus réservée, mais « elle ne méritait pas ça »... De quoi parle-t-elle ?

— Gabin était certes un imbécile, mais ta sœur pouvait divorcer !

Elle se tourne vers moi en pinçant les lèvres :

— Chez les Martin du Desclin, on ne divorce pas ! dit-elle avec un air hautain et une voix haut-perchée dans une imitation de sa sœur... ou de sa mère d'ailleurs...

Je ricane.

— Pardon, j'avais oublié... Cette option n'était envisageable que pour moi ! On peut divorcer du bas peuple ! Plus sérieusement, qu'est-ce qu'elle ne méritait pas ?

Elle se renfrogne d'un coup, une moue amère sur la bouche.

— Elle crèvera plutôt que d'en parler, mais il lui a fait vivre l'enfer ! Il dépensait jusqu'au moindre centime, ne lui octroyant qu'un minimum pour les dépenses. Combien de fois lui ai-je donné de l'argent pour finir le mois ? Ou Xavier ? En revanche, elle ne demandait jamais aux parents, elle avait une image à préserver !

— Madame Parfaite, murmuré-je sans m'en rendre compte.

Rose-Marie ne s'en formalise pas.

— Comme tu dis... N'empêche que ça a empiré avec les années et que, non content de la laisser sans argent, il s'est mis à boire et à la frapper.

— Merde...

Désolée, c'est le seul mot qui me soit venu...

— Une gifle la première fois, puis des excuses. Un coup de poing et des excuses. Une chute dans l'escalier et des excuses...

— Pourquoi elle n'est pas partie ?

Rose-Marie hausse les épaules.

— Quand c'était trop insupportable, elle venait à la maison quelques jours, puis il s'excusait, promettait qu'il ne recommencerait pas et le grand jeu reprenait. Classique.

D'accord. Donc ce n'est pas un cadavre qu'il y a dans le placard des Martin du Desclin, mais une armée de trépassés...

— D'ailleurs, quand tu lui as mis un coup de genou dans l'estomac, ce n'est pas ton coup qui l'a fait se tordre par terre. Elle avait pris un coup de poing juste avant...

— Quoi ?

J'oscille entre indignation et sidération. Quelle horreur ! Attends... C'est pour cela qu'elle était hystérique... Elle m'est tombée dessus parce qu'elle savait que Connard I[er][97] allait lui faire payer, à elle, mon coup de pelle !

— C'est pour cela qu'elle m'a giflée... Elle essayait de sauver sa peau...

Rose-Marie acquiesce. Elle se lève. Le temps des confidences est terminé... Rendez-vous dans quinze ans pour la suite. Elle s'éloigne déjà quand je l'interpelle :

— Une dernière chose, Rose-Marie. Il y avait quoi dans la tisane ?

Elle se retourne et sourit.

— De la valériane. Il fallait que tu dormes. Je savais que Gabin ne viendrait pas au risque de tomber sur Pierre-Marie.

Lâche jusqu'au bout... Toutefois, je n'aime pas vraiment que l'on prenne des décisions à ma place[98]...

† ☠ †

---

[97] Oui, je change de qualificatif, je m'adapte aux circonstances.

[98] Note pour plus tard : ne plus accepter de tisane de la part d'autrui.

Chapitre 20.

Je veux rentrer chez moi !

Je pensais pouvoir profiter de mon après-midi de Noël à peu près en paix, que nenni ! Ma belle-sœur, Madame Parfaite, a repris du poil de la bête - certainement la perspective d'une vie sans problème d'argent et sans problème de connard - et elle a décidé, en mémoire de Gabin - mais bien sûr ! - de poursuivre le tableau des tâches. Quoi ? C'est une blague ? Non ? En mémoire de Connard Ier qui lui tapait dessus ? Et puis quoi encore ? On va se mépriser les uns les autres en mémoire d'Yvonne ? Laissez-moi rire[99] !

Comme un seul homme, les Martin du Desclin s'exécutent... et se chargent des corvées de la veuve joyeuse ! Sa sœur dit d'elle qu'elle est feignante, je dirais même feignasse ! Manifestement, ça ne la dérange pas de faire travailler sa famille le jour de Noël, tout en traînant d'une pièce à l'autre sans lever le petit doigt ! Rose-Marie repasse une montagne de linges - qui ne peut pas avoir été créée depuis notre arrivée -, Pierre-Marie coupe du bois pour les trois

---

[99]Ah ah ah ! Je me sens un peu seule là...

prochains hivers et Xavier taille une haie au moins centenaire ! On croit rêver ! Pour ma part, je me retrouve de corvée de cuisine à préparer un dessert en compagnie des enfants ! Ma grande spécialité ! Nous avons donc décidé de faire un beau gâteau au yaourt et aux pommes - oui, je suis à mon maximum ! - et chacun participe : Philippe et Clotilde supervisent en me disant toutes les trois secondes : « Mamie, elle fait pas comme ça ! », « La maîtresse, elle fait pas comme ça » ou une variante « Nounou, elle fait pas comme ça ». Bref, il me faut tout mon contrôle de moi-même - rudement acquis à grands coups de méditation et de séances de yoga - pour survivre à cette épreuve... Rien ne m'aura été épargné... Et je ne vous parle même pas de l'air suffisant avec lequel mon pauvre gâteau va être accueilli par la maisonnée... Bref, je me sens très proche d'E.T. quand il assène à la face du monde : « Téléphone maison ! ». T'as raison E.T. ! Je veux rentrer chez moi !

Le point positif du gâteau, c'est qu'au moins je pourrai manger un truc ce soir, sans me demander si l'un ou l'autre des charmants convives est en train de m'empoisonner en toute sympathie... À moins qu'il ou elle n'ait empoisonné les ingrédients... Oh ! Mon ! Dieu ! Je deviens paranoïaque à vivre entourée de dingues !

Le soir, nous avons droit à la dinde aux marrons réchauffée... Au moins, je peux manger en toute quiétude, puisque personne n'est tombé raide mort dans la journée ! À part, si c'est un poison lent... J'en ai marre ! Je veux rentrer chez moi ! Bon, je me lance !

— Pierre-Marie, tu viendras m'aider après le dîner ?

Air médusé de mon époux. Il doit être nul au poker !

— T'aider à quoi ?

— À faire les valises !

C'est évident quand même !

— Mais de quoi tu parles ?

Tiens, il s'énerve déjà...

— Je parle du fait que nous étions convenus de repartir le 26...

— Hors de question ! me coupe-t-il.

Non mais il plaisante, j'espère !

— Je t'ai déjà dit que tu pouvais faire ce que tu voulais, mais que, le 26 décembre, je serai dans la voiture avec les enfants, que tu viennes avec nous ou pas !

Tiens, la conversation lui revient en tête mais, à sa mine renfrognée, je sais déjà qu'il va me faire sa grande scène de la mauvaise foi...

— Je ne vois pas de quoi tu parles !

J'acquiesce avec calme, puis je me lève.

— Très bien, puisque tu as déjà oublié ce dont nous étions convenus après que ta sœur m'a boxée, je vais préparer les valises seule.

Je quitte la table. La colère bout en moi... Plus que quelques pas et je pourrais... Trop tard... Je me retourne, folle de rage.

— Que tu sois prêt ou pas, demain je m'en vais !

Pierre-Marie se lève à son tour.

— Comment oses-tu me demander de choisir entre toi et ma famille ?

Ça, tu n'aurais pas dû !

— Quoi ? C'est toi qui me prives de MA famille depuis quinze ans ! Ça fait quinze ans que tu as toujours une bonne raison de m'imposer de fêter Noël dans TA famille ! Tous les ans, depuis quinze ans, je suis traitée comme une moins que rien et tu trouves cela normal ! Tu ne dis rien !

— C'est faux ! dit-il d'un air indigné. Cette année...

— C'est bien ce que je te reproche ! Cette année ! Il a fallu que tu attendes que tes parents meurent pour me défendre ! Demain, je pars et je rejoins MA famille !

— Mais la police... essaie-t-il.

— Je me contrefous de la police ! Cette histoire ne concerne que vous !

Je sors. J'entends Philippe et Clotilde chougner derrière moi. Tant pis. Ils apprendront tous les trois qu'il y a des limites à ma patience ! Débrouille-toi avec TES enfants, super papa !

† ☠ †

Ranger les affaires m'a fait du bien. J'ai pu me calmer et, maintenant que les valises sont prêtes, j'entrevois enfin la fin du cauchemar... Oui, je suis arrivée depuis quarante-huit heures, mais vous admettrez que ces heures comptent triple ! Les enfants m'ont rejointe au bout d'un moment et je les ai mis au lit avec une histoire. Ils avaient l'air un peu tristous, c'est la seule chose qui me dérange... Pour le reste, les Martin du Desclin méritaient d'entendre ce que j'ai dit, parce que c'est la stricte vérité. Et si Pierre-Marie ne veut pas comprendre, je pense que nous allons avoir un problème. J'en ai soupé de sa famille et de leur folie ! À bien y réfléchir, pourquoi est-ce qu'il n'y a que moi pour estimer que deux décès la même nuit dans la même maison, c'est suspect ? Pourquoi font-ils comme si tout allait bien ? Ils ne s'affolent même pas ! *Oh, Mère a passé l'arme à gauche... Quelle chance ! Nous allons hériter et elle arrêtera de nous casser les pieds ! Oh, fichtre, notre*

*abruti de beau-frère a aussi passé l'arme à gauche...
Chouette, Madame Parfaite va toucher
l'assurance-vie ! Nous sommes riches et libres !*

Attends une minute... C'est caricatural, bien sûr, mais ai-je entendu l'un ou l'autre exprimer le moindre regret ? La moindre tristesse ? Non, de toute la journée, personne n'a regretté les morts. Ce matin, je me suis fait la réflexion qu'ils devaient attendre le départ des étrangers - gendarmes, médecins et autres pompiers -, mais est-ce que la situation a évolué cette après-midi ? Non ! Louise-Marie nous a cantonnés aux tâches du fichu tableau de Connard Ier et c'est tout... Soit cette famille est encore plus dingue que ce que je soupçonnais[100], soit... c'est encore pire ! Ils sont de mèche.

Je n'aime pas ça... Entre Louise-Marie, qui se réjouit de recevoir héritage et assurance-vie, Rose-Marie et Xavier qui voient le bout de leurs difficultés financières et Pierre-Marie qui ne parle de rien, me voilà bien entourée ! Une belle équipe, en vérité ! Je trouve cette gendarme pour le moins désinvolte ! Elle m'a laissée avec les enfants au milieu d'une bande de potentiels assassins... Ce n'est pas Dieu possible ! Ils ne se sont tout de même pas associés pour tuer ceux qui leur déplaisaient[101]... Et Pierre-Marie dans tout ça ? Comme à chaque fois que nous sommes dans sa famille, il se referme sur lui-même et arrête de communiquer. Déjà que ce n'est pas quelqu'un d'expansif d'habitude... Tout de même... Il est particulièrement taiseux cette année... Qu'est-ce qu'il y a ? Réfléchis Chloé... Il a d'abord insisté pour venir cette année car il craignait un danger

---

[100] Et on était déjà très haut sur l'échelle de la dingologie !
[101] Sinon, pourquoi suis-je encore en vie ?

pour sa mère... Avec raison... Une fois arrivé, il s'est montré d'une extrême tolérance vis-à-vis du cagibi et du tableau des corvées... Une image me frappe soudain : Pierre-Marie, la voix tremblante, qui me dit ce matin : « Reste là et empêche Philippe de venir ! »... Philippe... Philippe qui était hors de la chambre quand Gabin est tombé dans l'escalier... Philippe que j'ai soupçonné un instant d'avoir poussé son oncle dans l'escalier, avant de réaliser que mon fils a horreur des escaliers et qu'il ne serait jamais monté seul en haut d'un escalier aussi pentu que celui de cette maison... Est-ce que Pierre-Marie a les mêmes soupçons que moi vis-à-vis de notre fils ? Ou, pire, aurait-il vu ce qu'il s'est passé ? Bon, je vais aller tirer les vers du nez de mon mari !

Je jette un coup d'œil aux enfants qui dorment dans leurs lits parapluie... C'est si calme quand ils dorment... Pas que je n'aime pas l'action, mais un peu de tranquillité est bienvenue parfois, notamment quand j'essaie d'enchaîner deux ou trois pensées de rang ! Allez Chloé, va trouver ton mari !

Je rejoins le salon dans l'espoir de trouver Pierre-Marie, mais c'est Xavier qui m'attend avec une part de gâteau et un sourire... Cet homme est reposant... Du coup, je m'en veux d'avoir fait une scène devant lui, il ne méritait pas ça.

— Ça va ? me demande-t-il.

Je m'effondre dans le canapé en face de lui et je lui accorde un pauvre sourire.

— Oui, merci. Je suis désolée pour tout à l'heure...

Il fait un signe de main comme pour balayer mes excuses d'un geste.

— Ne t'inquiète pas pour ça ! Je comprends. Ils n'ont

jamais été tendres avec toi et c'est normal que tu leur dises leurs quatre vérités.

Il me tend l'assiette avec le gâteau aux pommes. J'en prends une bouchée... Pas si mal ! Je suis fière de moi !

— Il était très bon, confirme-t-il avec un sourire.

— C'est une histoire de fous... dis-je soudain.

Il faut bien que je parle à quelqu'un et cet homme me semble être la personne la plus digne de confiance à des kilomètres.

Il s'adosse, croise les mains sur son ventre et avoue :

— Tu n'as pas idée...

Alerte générale ! Alerte générale ! Danger détecté ! Le gyrophare dans mon crâne s'est mis à tourner à toute vitesse... Toi, mon garçon, tu sais quelque chose...

— Justement, réponds-je, je crois que j'ai une idée et cela ne me plaît pas du tout...

Il hoche la tête.

— Lequel de nous deux commence, Watson ? plaisante-t-il.

— Très bien, Holmes, je vous dis ce que j'ai compris et vous compléterez !

Il hoche la tête.

— D'après le peu d'émotions qu'ont suscité les deux morts de la nuit dernière, je dirais que ni Gabin, ni Yvonne ne seront regrettés.

Il acquiesce, comme un professeur, et m'encourage à poursuivre.

— Yvonne avait un caractère exécrable et une propension à se mêler de tout, ce qui la rendait pénible à tous. Gabin était, quant à lui, un imbécile vindicatif et violent, d'après ce que j'ai appris aujourd'hui.

Xavier hoche la tête avec vigueur cette fois.

— Si l'un ou l'autre était mort cette nuit, je n'aurais rien soupçonné, mais les deux à la fois ! C'est trop de malchance pour une seule famille ! L'un ou l'autre a forcément été assassiné...

— Je suis d'accord avec vous, Watson... L'un ou l'autre ou les deux ont été assassinés...

Quoi ? Les deux ? Oh misère ! On tombe de Charybde en Scylla !

✝ ☠ ✝

Chapitre 21.

Tout est bien qui finit bien... ou pas...

J' observe Xavier en silence... J'ose encore espérer qu'il me taquine mais, plus je regarde sa mine sombre, plus je me dis qu'il est sérieux... Les deux ? Les deux auraient été assassinés ?

— Comment ça, les deux ? risqué-je.

Il soupire.

— Hier soir, j'ai décidé de rester avec Gabin pour le veiller. Je le trouvais trop mal en point pour le laisser passer la nuit seul. Malheureusement, je me suis endormi et quand je me suis réveillé, j'ai vu le lit vide. J'ai paniqué. Louise-Marie était partie dormir avec sa sœur et j'ai eu peur que Gabin ne soit allé agresser sa femme... Une fois de plus...

C'est à mon tour de hocher la tête. Si Gabin avait pris l'habitude d'être violent avec son épouse, le mélange alcool-médicaments ne l'aurait certes pas pacifié, bien au contraire...

— Je suis sorti dans le couloir, comme un fou, et je l'ai vu. Il titubait en haut de l'escalier. Il titubait et Yvonne était à côté de lui... Elle l'a poussé, Chloé...

Je sens mes joues pâlir... Yvonne ? Yvonne aurait poussé son gendre dans l'escalier ? L'image de ma belle-mère, si stricte, si bourgeoise, poussant son gendre, certes détesté, dans l'escalier me paraît pour le moins incongrue. Sans se préoccuper de mes réactions, Xavier poursuit son récit :

— Il titubait et elle n'a eu qu'à lui donner une claque inamicale dans le dos pour se débarrasser de lui...

Il se prend la tête à deux mains. S'il tire comme ça sur ses cheveux, il va s'en arracher de pleines poignées.

— Calme-toi, Xavier !

Je m'approche de lui et pose ma main sur son épaule.

— Je n'ai rien pu faire, Chloé ! Je n'ai rien pu faire... Je me suis précipité en bas mais, à mi-chemin, j'ai bien vu l'angle de la tête et j'ai compris. Il s'était brisé le cou. Il n'y avait plus rien à faire... Je suis remonté aussi vite que j'ai pu et j'ai entraîné Yvonne vers sa chambre. Elle n'était plus elle-même. Elle transpirait, elle était d'une pâleur mortelle... J'aurais dû comprendre. Au lieu de cela, j'ai mis son état sur le compte du choc émotionnel...

Je suis bouleversée par ce que je viens d'entendre mais, au milieu du flot d'émotions qui me submerge, une idée essaie de se frayer un chemin... Zut, je n'arrive pas à mettre la main dessus... Réfléchissons... Yvonne aurait donc saisi l'occasion, qui lui était donnée, de se débarrasser de ce gendre si encombrant ? Cela expliquerait la première mort qui, du coup, n'est plus du tout accidentelle, mais Yvonne ? C'est ça... C'était au sujet d'Yvonne, j'avais une idée... La mort d'Yvonne ? Eurêka !

— Pourquoi est-ce que tu as dit : « J'aurais dû comprendre » ?

Xavier me regarde, un peu perdu, et je compatis... Ce n'est pas tous les jours qu'on est témoin du meurtre de son beau-frère par sa belle-mère. Je répète :

— Tu as dit : « J'aurais dû comprendre » au sujet d'Yvonne...

Il réfléchit un instant.

— Oui ! s'exclame-t-il. J'aurais dû comprendre qu'elle avait été empoisonnée !

Hein ? Je veux bien tomber de Charybde en Scylla mais, après Scylla, il y a quoi ?

— Qu'est-ce que tu veux dire ? insisté-je.

— Sa pâleur, la transpiration, l'odeur de vomi... Yvonne a été empoisonnée et si j'avais été un peu plus attentif aux signes, j'aurais peut-être pu la sauver !

— Empoisonnée ? Mais empoisonnée par qui ? Et comment ?

Je déglutis malgré moi. C'est une histoire de fous, dans une maison de fous, avec une famille de fous[102] !

— Barbituriques...

Voilà autre chose ! Eh bien, on peut dire que fêter Noël n'est plus ce que c'était ! On pourrait s'attendre à un minimum de joie, mais non ! Des meurtres ! C'est plus festif !

— Quels barbituriques ? grondé-je.

Ça commence à bien faire ! Après le Lexomil des barbituriques ! Bientôt, le dealer local va venir participer à la fête !

Xavier se frotte le visage à deux mains. Je tente de faire baisser ma colère... La montagne ! Le fleuve ! Tout ça, tout ça ! Bref, c'est pas une méditation qu'il me faudrait, mais un pèlerinage loin des Martin du Desclin !

— J'ai trouvé une boîte de Gardénal dans la chambre de Gabin et de Louise-Marie...

---

[102] Et ils sont en train de me rendre folle !

Et ? Ai-je la tête d'un narcotrafiquant ? Suis-je supposée savoir à quoi cela sert ?

— Ça aurait pu empoisonner Yvonne ? m'informé-je.

— Oh oui ! À forte dose et additionné d'alcool, le phénobarbital peut être mortel...

C'était le réveillon hier soir et, comme tous les ans, Yvonne a un peu bu... Merde ! Pour une femme qui ne buvait jamais... sauf à Noël ! Voilà pourquoi il fallait que ça se passe à Noël. En dehors du réveillon et du jour de Noël, Yvonne ne buvait jamais... Il faut tout de même que je mette un point au clair :

— Comment aurait-il pu lui faire prendre autant de comprimés ? Pour obtenir une dose létale, je suppose que cela représente un certain nombre de comprimés, n'est-ce pas ?

Xavier m'observe un instant, semblant chercher dans sa mémoire.

— C'est vrai que tu n'étais pas là à l'apéritif... Gabin avait préparé un punch et il a tant servi et resservi Yvonne qu'elle lui en a fait la remarque.

Alors là ! C'est le bouquet... Gabin empoissonne sa belle-mère au moyen d'un punch au Gardénal. Yvonne, qui se sent mal, comprend ce qui a pu se passer et saisit l'occasion de précipiter son gendre dans l'escalier, puis retourne mourir dans son lit... C'est dingue, mais c'est possible... Sauf la dernière partie... Si Yvonne avait conscience d'avoir été empoisonnée et qu'elle était tombée sur son pharmacien de gendre dans le couloir, elle lui aurait demandé de l'aide... À moins qu'elle n'ait préféré se suicider pour ne pas assumer la responsabilité de ses actes... Xavier l'a vu pousser Gabin et elle préfère mourir, plutôt que de partir en prison... Pourquoi pas ? Il faut que je réfléchisse à tête reposée à toute cette histoire, mais le double meurtre croisé me paraît trop « beau » pour être vrai !

Je donne une petite tape sur l'épaule de Xavier et retourne m'asseoir dans le canapé.

— Il faut que tu en parles au Major Margoly… Tôt ou tard, ils vont trouver l'empoisonnement au Gardénal et, peut-être, le fait que la chute de Gabin n'est pas accidentelle. Si tu ne dis rien, ils vont croire qu'on leur cache des choses et ça va être pire.

Xavier s'enfonce dans son fauteuil.

— Tu as raison, mais tu te rends compte, un double meurtre !

— On pourrait même dire un double meurtre croisé. Gabin empoisonne Yvonne, Yvonne pousse Gabin dans l'escalier… Le meurtre parfait, en somme…

Une étrange lueur s'allume dans le regard de Xavier.

— Pourquoi tu dis ça ? dit-il d'un ton un peu trop tranchant.

C'est moi ou il me cache quelque chose ? Comme tous ici, d'ailleurs… La lueur a déjà disparu…

— Parce qu'aucun des deux ne sera condamné, dis-je. On ne poursuit pas les morts…

— Ah, d'accord…

Étrange… Une idée volatile a tenté d'entrer en contact avec mon cerveau, mais elle ne l'a pas trouvé… Concentre-toi Chloé, ce n'est pas le moment de dormir !

Pierre-Marie choisit cet instant pour arriver en courant. Il m'attrape, me soulève et me serre contre lui. Aïe !

— Ce n'est pas lui ! braille-t-il dans mon oreille. Mon Dieu ! Ce n'est pas lui !

De quoi parle-t-il ? Ah, oui, Philippe !

— Je savais bien que tu soupçonnais Philippe ! grondé-je. Franchement, Pierre-Marie, tu vois Philippe monter seul en haut de cet escalier et redescendre sans encombre ? Bien sûr que ce n'est pas lui !

Pierre-Marie me dévisage entre stupéfaction et joie.

— J'ai toujours dit que tu étais la plus intelligente de nous tous !

Oui, tu le dis souvent, mais quelque chose me dit à moi, que j'ai raté une information. Ça m'énerve !!! Depuis le début de cette histoire, un élément me dérange, mais je n'arrive pas à mettre le doigt dessus...

Et c'est reparti pour un tour d'écrasement !

Admettons... Tout est bien qui finit bien... Enfin, mis à part pour les deux morts !

✝ ☠ ✝

Chapitre 22

Le bouquet final...

Mardi 26 décembre – Temps « Même plus la peine d'en parler ». Ambiance « Il ne manque plus qu'un zombie et ce sera complet ! »...

Le Major Julietta Margoly arrive à la première heure. Elle a l'air aussi peu commode que la veille... Je me demande s'ils ont des cours spéciaux en mine patibulaire à la gendarmerie ? Vous me direz, le métier de gendarme est loin d'être de tout repos... D'où la mine...

Nous sommes réunis dans le salon avec les enfants, qui joue dans leur coin[103], pendant que Xavier s'entretient avec l'enquêtrice. Au bout d'une petite heure, il nous rejoint et annonce à Louise-Marie que l'enquêtrice veut lui parler. Madame Parfaite perd un peu de sa superbe, avant de se redresser pleine de morgue. Je ne peux m'empêcher de hausser les épaules. Elle est incroyable avec ses réflexes d'Ancien Régime. Comme si une Martin du Desclin ne pouvait

---

[103] Pour combien de temps ? Sûrement jusqu'à ce que cela se corse... Les enfants ont un sixième sens pour débouler au pire moment... à moins qu'ils ne s'endorment.

pas être interrogée ! Elle se prend pour la Grande Mademoiselle[104] ou quoi ? Qu'elle commence à se conduire poliment, ensuite elle pourra songer à donner des leçons... Une demi-heure plus tard, Madame Parfaite revient, moins hautaine qu'à l'accoutumée... En fait, je vais demander au Major Margoly où elle prend ses cours de mines patibulaires, ça m'intéresse ! Louise-Marie annonce alors à sa sœur que la gendarme veut la voir, puis c'est au tour de Pierre-Marie.

Le temps passant, j'ai le temps de faire déjeuner les enfants. Puis, nous faisons un tour de jardin, avant de rentrer pour une sieste dans le salon avec nous tous[105]...

Quand mon époux revient, je me lève, persuadée que ma petite personne est désormais requise, mais non. Le Major Margoly suit de près Pierre-Marie et se positionne en face de nous, debout, raide comme la justice[106]. J'ai l'impression d'être dans la scène finale d'un Hercule Poirot[107]... Nous voici tous réunis, dans le salon, attendant que la détective nous assomme avec une vérité insoupçonnée.

— Mesdames, Messieurs, je vous remercie tout d'abord de vos différents témoignages, qui éclairent cette affaire d'un jour neuf. Toutefois, je dois vous dire que l'hypothèse d'un double meurtre croisé ne me convainc pas dans l'immédiat.

---

[104] Une cousine de Louis XIV, richissime et au caractère plutôt emporté... Le personnage vaut la peine d'y jeter un coup d'œil !

[105] Non, ils ne dormiront pas seuls dans le cagibi, je veux garder un œil sur eux... et sur leur nouvelle copine, j'ai nommé ma pelle ! Oui, j'ai installé un coin pour les enfants et j'ai glissé notre alliée la plus précieuse près d'eux...

[106] Et mon interrogatoire ? C'est vexant quand même ! Même pour les suspicions policières, je suis rejetée de la famille !

[107] Vous croyez que je peux prendre du pop-corn ?

L'assemblée se met à bruisser de protestations sourdes. Comment cette gendarme ose-t-elle remettre en question nos déclarations ? J'observe les membres de la famille d'un regard extérieur... Si la gendarme joue à Hercule Poirot, c'est qu'elle doit avoir un plan en tête... Le major lève en effet la main, ce qui fait taire tout le monde. Au moins peut-on reconnaître une certaine discipline aux Martin du Desclin.

— Je ne dis pas que les événements ne se sont pas déroulés ainsi, je vous affirme que, pour le moment, nous manquons d'éléments probants dans cette affaire.

— Vous disposez tout de même du témoignage de Xavier, interviens-je.

Le major se tourne vers moi et c'est comme l'œil de Sauron qui se pose sur vous : j'ai l'impression qu'elle sonde le tréfonds de mon âme...

— Oui, nous disposons du témoignage de Monsieur Juillard. Toutefois, nous préférerions que d'autres éléments viennent étayer ce dossier. Par exemple, des résultats partiels d'analyses médico-légales me sont parvenus et ils ne concordent pas avec l'hypothèse du double homicide croisé, tel que vous l'imaginez.

J'attends, mais elle ne dit rien ! Ah non ! Elle en a trop dit pour s'arrêter en chemin !

— C'est-à-dire ?

Je sais, je devrais apprendre à me taire, mais je suis curieuse et intriguée. Le major m'observe de plus belle. M'en fiche, je n'ai assassiné ni l'un, ni l'autre... et ce n'est pourtant pas l'envie qui me manquait[108] !

— Empoisonnement à la ciguë, la grande ciguë pour être précise.

-----

[108] Je ne devrais peut-être pas dire ça en face d'un gendarme... Toute vérité n'est pas bonne à dire, comme disait ma grand-mère...

À titre personnel, grande ou petite, ça ne fait pas une grosse différence ! La ciguë reste de la ciguë !

Autour de moi, c'est la stupéfaction. Un silence de mort tombe sur le salon[109].

— Pour être encore plus précise, reprend la gendarme, racine de ciguë bouillie.

J'ai un hoquet irrépressible. L'image d'Yvonne préparant son poison pour rats à cinq heures du matin dans la cuisine me frappe entre les deux yeux ! Oh ! Mon ! Dieu ! Et, bien sûr, qui est le seul témoin ? Bibi ! Non mais vous avouerez que je n'ai pas de bol, quand même !

— Je vous écoute, Madame Martin du Desclin, précise Julietta[110].

Je la regarde dans les yeux. Allez, encore un effort, Chloé et tu pourras peut-être rentrer chez toi cette après-midi.

— J'ai vu ma belle-mère préparer une racine, qui ressemblait à un panais, le matin du réveillon.

La gendarme tique et précise :

— J'ai besoin de plus de détails, beaucoup plus ! Tout ce dont vous pourrez vous souvenir. Odeur, paroles, couleurs, tout !

Elle sort son carnet et s'apprête à noter. Je me plonge dans mes souvenirs d'il y a quarante-huit heures... Une éternité, en vérité...

— Clotilde s'était réveillée tôt et, avant qu'elle ne se mette à râler et à ennuyer tout le monde, je l'ai amenée dans la cuisine. Il était à peine cinq heures du matin. Je pensais être seule mais, dans le couloir, j'ai entendu des tintements discrets de casserole. Il y avait une drôle

---

[109] C'est de circonstance ! D'accord, je sors...
[110] Oui, au point où nous en sommes, je peux l'appeler Julietta !

d'odeur un peu végétal et assez proche du pipi d'un vieux chat qui envahissait le couloir aussi. J'étais étonnée que quelqu'un soit déjà levé et j'ai trouvé Yvonne en train de couper une racine en morceaux. Elle a eu l'air aussi surprise que moi. Je lui ai dit que Clotilde était réveillée et que j'allais lui donner son petit-déjeuner. Puis, nous nous sommes partagées la cuisine dans un quasi-silence. Je ne sais plus comment c'est venu dans la conversation mais, à un moment, j'ai été intriguée par l'odeur de ce légume et j'ai fait une remarque...

Je réfléchis un instant... Qu'est-ce que j'ai dit ? Personne n'ose interrompre mes réflexions.

— Je lui ai dit quelque chose au sujet des aliments qui sentent parfois mauvais, mais qui sont quand même bons au goût. Là, sa réaction m'a déconcertée. Elle m'a dit : « N'y touchez pas, malheureuse ! C'est du poison pour les rats ! ». C'était la première fois que ma belle-mère se montrait aussi familière avec moi. Je crois qu'elle a eu sincèrement peur que je goûte sa mixture par curiosité. Ma belle-mère était un cordon-bleu et je goûtais parfois ses préparations quand nous étions toutes les deux dans la cuisine...

— Êtes-vous certaine qu'il s'agissait de poison ? s'enquiert Julietta[111].

Je hausse les épaules. Comment veux-tu que je le sache, Julietta ! Je ne suis pas experte en poisons !

— Je ne sais pas. Ça sentait mauvais, Yvonne me l'a dit et elle a nettoyé la cuisine comme une folle après. Je n'ai pas mis sa parole en doute. Je me suis juste fait la réflexion que c'était surprenant de préparer un poison

---

[111] J'aime bien ce prénom. C'est plus rassurant de discuter avec Julietta, qu'avec le Major Margoly.

pour les rats, avec les mêmes ustensiles de cuisine que ceux destinés à nos propres repas...

Les sourcils de Julietta se lèvent, pendant que sa bouche se pince. Je pense qu'elle partage mon opinion sur cette étrangeté.

— Quels ustensiles ? beugle Louise-Marie. Je vais tout jeter ! Elle est folle ou quoi ?

— Non, Madame, répond avec calme la gendarme, la police scientifique va venir prélever les ustensiles en question afin de procéder aux analyses nécessaires.

— Je ne sais pas s'ils trouveront grand-chose, remarqué-je... Elle a vraiment frotté comme une acharnée...

— Nous verrons bien, conclut l'enquêtrice. Vous souvenez-vous d'autre chose ?

Je frotte mes tempes du bout des doigts. Est-ce que je me souviens d'autre chose ? Je ne sais pas...

— Non, elle est partie un moment pour prendre sa douche pendant que la mixture cuisait et elle est revenue en sentant le savon, avec une boîte de madeleines. Je m'étais fait un café et elle a pris un thé.

— Elle vous a semblé normale ?

Je regarde la gendarme avec étonnement.

— Oui... C'était une conversation normale, plutôt apaisée par rapport à de nombreuses autres. Elle a juste sauté de sa chaise quand la casserole a menacé de déborder, mais elle a réussi à la sortir du feu à temps.

— Était-elle nerveuse ? insiste-t-elle.

Je hausse les épaules de nouveau et affiche une moue d'ignorance.

— Un peu, mais rien de flagrant. Franchement, en dehors de cette casserole, c'était un jour normal... Vous croyez vraiment que c'était du poison pour Gabin ?

Le major[112] me transperce de son regard « spécial suspect », mais son visage reste impénétrable. Aucune aide à attendre de ce côté... Réfléchis Chloé... Tu prenais le petit-déjeuner avec une femme en train de préparer un poison violent, dans la cuisine de sa fille, pour empoisonner son gendre... C'est quand même aberrant que cette discussion soit l'une des plus apaisées que tu aies jamais eue avec ta belle-mère ! Ou, alors, c'est cela la clé... Son esprit était préoccupé par bien d'autres éléments, c'est pourquoi elle ne t'a pas houspillée comme à son habitude...

Une idée me vient. C'est simple de vérifier en fait !

— Est-ce qu'il y a des rats ici ? demandé-je à Louise-Marie en me tournant vers elle.

Madame Parfaite se redresse et m'adresse sa moue la plus écœurée.

— Bien sûr que non ! éclate-t-elle. On n'est pas chez les sauvages !

La gendarme la transperce de son regard le plus sombre. Il est temps que Madame Parfaite nous dise ce qu'elle sait !

— Saviez-vous que votre mère avait le projet de supprimer votre époux et savez-vous pourquoi ?

Louise-Marie perd à l'instant même de sa superbe... Je veux apprendre à faire ça ! Je veux le même charisme que Julietta !

— Je ne pensais pas qu'elle en voulait à la vie de mon époux, mais elle le détestait. Elle m'avait même dit que si je souhaitais divorcer, elle ne s'y opposerait pas...

Ouh, c'est dire ! Je n'étais donc plus la seule pour qui l'option « divorce » était recevable... Pourtant, Gabin était d'une tout autre extraction que la mienne...

---

[112] Oui, là, c'est le major, pas Julietta !

Fils des meilleurs amis de Louis et d'Yvonne, l'alliance des deux aurait dû être parfaite...

Julietta a l'air un peu déstabilisée par cette confession. Bienvenue dans mon monde, chère amie ! Donc à votre droite, vous avez les suspects de meurtres adeptes de l'Ancien Régime, à votre gauche les assassins en puissance partisans du Capitalisme et, au centre, deux cadavres qui rapportent un maximum de sous à tous ces charmants personnages.

— Le divorce est-il proscrit dans votre famille ? s'informe-t-elle.

— Chez nous, on ne divorce pas ! affirme Madame Parfaite avec morgue !

Par contre on empoisonne les rats... C'est une question de point de vue... Je lève les yeux au ciel malgré moi. Louise-Marie me tape sur les nerfs, mais je dois garder l'esprit clair. Si Yvonne avait accepté l'idée du divorce, pourquoi opter pour l'empoisonnement ? Si je résume : Yvonne déteste son gendre, accepte l'idée du divorce, change d'avis, prépare du poison, le fait boire à Gabin et, dans le doute, pousse son gendre dans l'escalier pour être sûre d'elle... Ça fait beaucoup pour un seul homme, même pour Connard Ier...

— Donc, d'après toi, ta mère aurait détesté ton époux au point de l'empoisonner et de le pousser dans l'escalier ?

Madame Parfaite me fusille du regard.

— Elle le détestait vraiment !

— C'est le moins qu'on puisse dire ! m'exclamé-je. Elle avait décidé d'avoir sa peau avant-hier ! Mais pourquoi maintenant ? Qu'est-ce qui a décidé Yvonne à supprimer Gabin avant-hier, alors que la maison était pleine de membres de la famille ?

Le major acquiesce.

— D'habitude, je mène les interrogatoires, me glisse-t-elle avec autorité, mais les questions sont pertinentes. Si nous admettons une inimitié féroce, voire une haine de votre mère à l'égard de son gendre, qu'est-ce qui l'a poussée à agir le 24 décembre ? S'est-il passé un événement particulier le 23 décembre ou dans la nuit du 23 au 24 qui aurait précipité sa décision ? Et d'où vient la ciguë ? Y en a-t-il dans le jardin ? Non loin d'ici ?

Bonnes questions, Julietta... Le 23 nous sommes arrivés tard et, en dehors du tableau des tâches et du cagibi, je n'ai rien noté de particulier[113]. Même si Yvonne et Gabin se sont disputés avant notre arrivée, cela n'explique pas comment Yvonne a pu se procurer de la ciguë si vite, ni comment elle savait s'en servir ! Oh ! Mon ! Dieu ! J'ai mangé la nourriture de cette femme pendant des années et... Non, il y a quelque chose qui ne colle pas.

— Rose-Marie, ta mère était plutôt une femme d'intérieur, n'est-ce-pas ?

Rose-Marie a un air terrifié et sidéré, qui me surprend. Sont-ils tous ébahis que je cherche la vérité ? Plus vite nous saurons, plus vite nous pourrons reprendre le cours de nos vies !

— Oui, répond-elle.

— Avait-elle des connaissances en botanique ? intervient l'enquêtrice.

— Je ne crois pas... bredouille Rose-Marie.

Qu'est-ce qui lui prend ? Pour un peu, on pourrait

---

[113] En même temps, je ne m'attendais pas à ce qu'il y ait un double meurtre dans la famille... D'accord, la prochaine fois, j'y penserai... Mais, je pense que l'eau va couler sous les ponts avant que je ne remette les pieds chez la méchante (très méchante) famille Adams !

croire qu'elle est coupable... Xavier pose la main sur celle de sa femme.

— C'est moi qui aie fourni la ciguë à ma belle-mère, mais je peux vous assurer que j'ignorais ce qu'elle allait en faire... Elle ne m'a parlé que de rats...

Oh ! Mon ! Dieu ! Xavier ! Qu'as-tu fait ? Et pourquoi n'en as-tu pas parlé avant ? Maintenant, tu vas faire un suspect de choix !

— De rats ? répète le major. À votre connaissance, est-ce un moyen habituel de supprimer ces rongeurs ?

— Non, concède Xavier, un peu pâle.

Le major hoche la tête. Pour le coup, j'aimerais bien pouvoir lire dans ses pensées parce que, pour ma part, mon cerveau vient de subir un bug massif à l'annonce que le seul membre de ma belle-famille, que j'aimais sincèrement, a fourni le poison en cause dans cette affaire.

— Très bien, reprend l'enquêtrice. Partons de l'hypothèse selon laquelle Madame Yvonne Martin du Desclin a décidé d'empoisonner son gendre. Quand lui avez-vous fourni la ciguë ?

— Vendredi dernier...

— Vendredi 22 décembre, c'est ça ?

— Oui.

Zut, si j'avais su que ça retomberait sur Xavier, je n'aurais rien dit... Merde ! Pourquoi lui a-t-il fourni ce poison ? Quel benêt ! Attends... Qu'est-ce qu'il m'a dit en me passant une pommade de sa composition... « Tu te souviens que je suis phytothérapeute en plus de pharmacien, n'est-ce pas ? ». Yvonne devait aussi le savoir et elle a abusé de la bienveillance naturelle de mon beau-frère...

— Xavier est un homme généreux, Madame, interviens-je, il est pharmacien et phytothérapeute.

Yvonne devait le savoir et s'est servie de ses connaissances pour assouvir sa vengeance.

Aïe, je viens de réattirer l'œil de Sauron sur moi...

— De quelle vengeance parlons-nous, Madame ?

Chloé, je sais que c'est difficile pour toi, mais tiens-t'en à ton plan A : silence[114] !

— Heu... Je ne sais pas si c'est à moi de vous le dire...

— Vous en avez trop dit, de toute façon, tranche le major.

Un coup d'œil circulaire m'apprend que si les Martin du Desclin pouvaient me pendre ici et maintenant, ils ne se gêneraient pas... Bon, puisque nous en sommes là.

— D'après ce que je sais, expliqué-je, Gabin était violent avec son épouse, qui se réfugiait souvent chez sa sœur et son beau-frère. Je peux comprendre qu'en tant que mère, Yvonne ait pu concevoir une haine féroce à l'encontre de son gendre.

Julietta se tourne vers Louise-Marie et décoche :

— Est-ce vrai ?

Louise-Marie s'empourpre. Son orgueil princier ne peut supporter ce genre d'interrogatoire.

— Cela ne vous regarde pas !

La gendarme l'observe avec intérêt et patience. Peu lui importe le ton de la réplique, elle fouille, cherche les émotions réelles sous le masque.

— Tout ce qui concerne l'enquête me regarde.

— Louise-Marie se réfugiait souvent chez nous ! se précipite Rose-Marie. Il la battait ! Il la battait souvent !

— Pourquoi ne pas avoir porté plainte ? interroge la

---

[114] Oui, je sais ! Le plan A consiste en « silence et observation », mais, ici et maintenant, l'urgence, c'est « silence » !!!!

gendarme.

— Je le lui ai dit à plusieurs reprises, continue Rose-Marie, mais elle est têtue comme une vieille bourrique ! Il n'y avait que l'image qui comptait !

Comparer sa sœur à une vieille bourrique en public, c'est fait ! Louise-Marie ne va pas tarder à avaler son bulletin de naissance au vu de sa tête... Respire Louise-Marie !

— Très bien, poursuit la gendarme, Madame Yvonne Martin du Desclin aurait empoisonné son gendre pour venger sa fille, victime de violences conjugales. Elle aurait décidé de l'empoisonner au moyen d'une plante toxique mais, étant dans l'incapacité d'identifier ce végétal, elle fait intervenir son autre gendre, Monsieur Xavier Juillard, pharmacien et phytothérapeute, sous prétexte de se débarrasser de rats...

Oui, cela me semble plausible, mais il y a un truc qui me chiffonne...

— Monsieur Juillard, qui a parlé de ciguë ? Votre belle-mère vous a-t-elle demandé expressément de la ciguë ou est-ce vous qui avez proposé l'usage de cette plante ?

C'est ça ! Bravo Julietta !

— Yvonne m'a demandé si j'étais capable de lui trouver de la ciguë. Quand je lui ai demandé pourquoi, elle m'a répondu qu'elle voulait empoisonner des rats...

Donc Yvonne voulait de la ciguë... Ce n'est pas vraiment très confidentiel comme poison... C'est même l'un des poisons végétaux les plus connus...

— Très bien, admettons, concède le major. Cela ne nous explique pas pourquoi, après avoir empoisonné son gendre, elle l'aurait poussé dans l'escalier.

L'opportunité ? La peur d'avoir raté son poison ? Après tout, Yvonne n'était pas experte en poisons, elle a pu avoir un doute sur l'efficacité de sa mixture. Si elle voulait débarrasser sa fille de cette brute, elle a saisi l'occasion de finir le travail... Étrange quand même, mais je vais me taire[115]...

---

[115] Si ! Si ! C'est mieux !

Chapitre 23.

Le bouquet final, suite et fin...

La gendarme balaye l'assistance du regard et poursuit le raisonnement :

— Venons-en à l'empoisonnement médicamenteux de Madame Yvonne Martin du Desclin...

Argllll, le punch au Gardénal maintenant... Il faut croire que j'ai eu l'air moins ahuri que le reste de la famille, puisque la gendarme focalise de nouveau son attention sur moi[116].

— Vous n'avez pas l'air très surprise, Madame... remarque-t-elle.

Sans le vouloir, je me tourne vers Xavier... Merde ! Je devrais lui dessiner une cible entre les deux yeux aussi, ce serait plus clair ! Que puis-je dire de notre conversation d'hier soir sans aggraver son cas ?

— Heuuu...

---

[116] D'ailleurs, c'est quand même injuste, elle ne s'intéresse absolument pas à mon mari ! C'est quand même lui le fils de la famille ! Vous me direz, un bloc de granit ou lui, actuellement, c'est pareil. On dirait une grosse gargouille posée au milieu du salon. Il a été pétrifié ou quoi ? Il y a une gorgone qui traîne dans les parages ?

Très brillant, Chloé ! D'une grande éloquence !

— D'accord, avoué-je. Hier soir, Xavier m'a dit qu'à la réflexion, il soupçonnait qu'Yvonne avait pu être empoisonnée par Gabin...

La gendarme se tourne vers mon pauvre beau-frère... Oh ! Mon ! Dieu !

— C'est vrai... Après que Gabin a été malade dans le salon, Pierre-Marie et moi l'avons hissé tant bien que mal à l'étage. Gabin était très mal... J'ai soupçonné un mélange alcool-médicaments et je l'ai veillé. Malheureusement, je me suis endormi et quand je me suis réveillé plus tard, la chambre était vide. Je savais que Louise-Marie dormait avec Rose-Marie et j'ai eu peur que Gabin ne s'en prenne à son épouse et à la mienne... Je suis sorti dans le couloir et j'ai vu Yvonne pousser Gabin dans l'escalier...

— Je sais, Monsieur Juillard, vous me l'avez déjà dit.

Xavier soupire... Je crois qu'il a raconté le début pour gagner du temps...

— Ce que je ne vous ai pas dit, c'est qu'Yvonne était très pâle, en transpiration, avec une légère odeur de vomi sur elle... J'ai cru qu'elle avait trop bu... et je l'ai raccompagnée jusqu'à sa chambre, puis je me suis occupé de Gabin... J'étais tellement obnubilé par la chute dans l'escalier que je n'ai pas prêté l'attention professionnelle que j'aurais due au cas de ma belle-mère... J'aurais peut-être pu la sauver...

La gendarme le fixe de son regard impénétrable.

— Vous m'avez déjà parlé de cela aussi... Vous soupçonnez votre beau-frère d'avoir empoisonné votre belle-mère au moyen du punch qu'il lui a servi à outrance. D'après le médecin légiste que j'ai interrogé, le mélange phénobarbital - alcool, à forte dose, peut être mortel. Il va vérifier cette hypothèse parmi d'autres. Avez-vous autre chose à me préciser ?

— J'aurais dû me rendre compte qu'Yvonne subissait un empoisonnement médicamenteux !

C'est un cri de détresse. Le cri d'un homme portant une culpabilité trop lourde pour lui... Pauvre Xavier... Je crois qu'il va se reprocher la mort d'Yvonne jusqu'à son dernier jour...

— Tu n'es pas responsable de la mort d'Yvonne ! m'exclamé-je. Ton esprit était préoccupé par tout autre chose ! Yvonne venait de pousser Gabin dans l'escalier, tu en as été le témoin, tu as vérifié si tu pouvais venir en aide à Gabin, ce n'était pas le cas... Tu n'as pas à porter la responsabilité de la mort d'Yvonne. Oui, peut-être que, dans d'autres circonstances, tu aurais pu le voir, mais ce n'est pas le cas. L'histoire est écrite d'une façon, tu ne peux la réécrire.

Xavier s'effondre soudain et se met à pleurer derrière ses mains jointes. Rose-Marie, aussi bouleversée que lui, tapote son bras dans un mouvement apaisant.

Le Major Julietta Margoly l'observe en silence. Je ne sais pas à quelle sauce nous allons être mangés, mais tout ceci ne me dit rien qui vaille...

— Très bien. Si vous n'avez plus rien à me dire, vous pouvez regagner vos foyers. Si un souvenir vous revenait, vous avez tous mes coordonnées.

C'est fini ? Je n'arrive même pas à y croire ! Youpi ! On rentre à la maison ! Heu... Minute, papillon. Il manque des pièces à notre puzzle.

— Heu... Veuillez m'excuser, mais Xavier vous a-t-il précisé que notre belle-mère Yvonne ne buvait que très rarement, et que si Gabin voulait l'empoisonner grâce à un cocktail médicaments-alcool, il n'avait guère le choix de l'époque...

Là, c'est clair, les Martin du Desclin vont me brûler en place de Grève... Ce ne sont plus des regards assassins qu'ils me lancent, mais des tirs fournis.

— Je vous écoute, Madame, poursuit la gendarme.

La tension dans la salle remonte d'un cran. Ils pensaient être tranquilles, mais non ! Chloé a toujours un truc à dire !

— Je ne vois pas où tu veux en venir ! intervient soudain Pierre-Marie.

Et là, le puzzle se met en place ! Pierre-Marie, notre venue, la soupe, Xavier, Yvonne, Gabin, le punch, les deux sœurs, l'héritage, le changement de régime matrimonial... Oh ! Mon ! Dieu !

Je me lève. Impossible de tenir en place. Le Major Julietta Margoly me fixe du regard, elle sent que j'ai compris, mais ne sait pas encore quoi. Comment vais-je faire pour l'amener à avouer ? Quelle tristesse, mais je ne peux pas garder ça pour moi... Aussi insupportables qu'ils étaient tous deux, Yvonne et Gabin avaient le droit de vivre...

— Très bien... Je vais vous raconter l'histoire...

Stupéfaction dans les rangs...

— Mais de quoi tu... essaye Pierre-Marie.

— Tais-toi ! Tu vas m'écouter comme les autres !

Pierre-Marie en reste coi. Tant mieux, je n'ai pas besoin d'être interrompue en plus.

Je jette un dernier coup d'œil aux enfants, ils se sont endormis dans un coin de la salle sur les coussins pour chiens... J'ai un peu honte mais, comme je savais que notre petite réunion allait durer et que je voulais garder un œil sur eux, je leur ai aménagé un espace pour eux avec les affreux coussins de leur tante...

— C'est une banale histoire d'argent. Une sordide histoire d'argent. Tout a commencé, il y a un peu moins de deux ans, par le changement de régime matrimonial de Louis et d'Yvonne. À cause de cette modification, les enfants du couple n'hériteraient qu'à la mort du dernier survivant. Le problème, c'est que deux des enfants avaient des problèmes d'argent... Louise-Marie, tout d'abord, ne travaillait pas et son mari Gabin s'amusait à serrer les cordons de la bourse. Elle demandait donc de quoi finir les mois difficiles à sa sœur et à son beau-frère. Rose-Marie, ensuite, subissait un redressement fiscal et n'avait plus un sou vaillant devant elle. Les deux sœurs, pétries de l'orgueil des Martin du Desclin, ne demandèrent jamais de l'aide à leurs parents. Il fallait donc qu'ils meurent tous les deux.

Je suis très en colère. Tuer deux personnes, voire peut-être trois, pour de l'argent, c'est minable, même venant de cette famille.

— J'ignore si Louis est mort de façon naturelle, mais je sais que son mal a été foudroyant. Naturel ou pas, tout l'argent de la famille est revenu à Yvonne. Aussi inflexible que son défunt époux, elle a tenu les cordons de la bourse très serrés. Trop serrés. Les deux filles ont continué à manquer d'argent, alors que leur mère possédait tout. Yvonne était donc le seul obstacle entre ses filles et l'argent. Pouvait-on attendre qu'elle meure de sa belle mort ? Manifestement non. Mais comment la tuer ? Et surtout comment ne pas se faire prendre ?

La tension monte encore. Je jette un coup d'œil vers ma seule alliée dans la salle et le major cligne des yeux. Elle a compris, elle protège mes arrières.

— Yvonne avait une vie très réglée. Elle ne conduisait pas, elle ne faisait pas de sport, elle ne buvait pas, elle ne se droguait pas... Bref, c'était une femme d'intérieur, à l'ancienne. Pas facile de la tuer sans éveiller les soupçons. Pourtant, il y avait un moyen : l'empoisonnement médicamenteux. Quoi de plus commun chez une personne âgée ? La difficulté était de lui faire prendre le cocktail mortel, sans qu'elle ne proteste, et c'est là le premier coup de maître : Yvonne ne buvait que rarement, mais toujours à Noël. Le plan devait donc se passer à Noël et à nulle autre époque. Nous savons donc le quand et le pourquoi, reste à définir le comment.

C'est logique, tellement logique, et simple, tellement simple. On n'était pas loin du meurtre parfait, mais pas loin seulement.

— Comment ? Un tour de passe-passe... Le deuxième coup de maître... Jouer sur les haines et faire s'entre-tuer deux membres de la famille. Tout d'abord, il fallait pousser Yvonne à vouloir tuer quelqu'un... Facile, elle détestait deux de ses « pièces rapportées », comme elle nous appelait. Elle me détestait, parce que je n'étais pas assez bien née, et elle détestait Gabin, parce qu'il l'avait déçue. Gabin était de bonne lignée, mais il était vulgaire, grotesque dans ses poses d'homme du peuple révolté et, de surcroît, il était violent avec sa fille. Il fallait donc choisir entre Gabin et moi et c'est sur Gabin que le choix s'est porté. Pourquoi ? Parce que le fait que je sois mal née ne me rendait pas assez odieuse aux yeux d'Yvonne et, en plus, j'avais deux enfants. Yvonne n'aurait pas tué la mère de deux enfants en bas âge, même une mère indigne comme moi, qui continuait à travailler. Non, Gabin était un meilleur candidat que moi. Donc, il fallait pousser Yvonne à tuer Gabin pendant les fêtes de Noël. Pourquoi à Noël ? Parce que c'est la seule période de l'année où nous sommes tous réunis, donc les occasions de frapper sont plus nombreuses. La raison cachée nous la connaissons déjà : Yvonne ne buvait qu'à Noël, il fallait donc la convaincre de tuer Gabin à la même période, pour que l'hypothèse du double meurtre croisé soit plausible... C'est vraiment machiavélique... Je ne sais pas si Yvonne a été difficile à convaincre, mais la violence de Gabin et la volonté de Louise-Marie de ne pas divorcer ont certainement été des leviers efficaces. Yvonne décide donc de tuer Gabin... Plus facile à dire qu'à faire, mais on lui apporte la solution : le poison. Nul besoin de force physique pour cela, une bonne dose de poison et tout le monde est content... N'est-ce pas, Xavier ?

Il pâlit légèrement, mais ne bronche pas. Il sait que je n'ai que des indices, pas de preuves. Il a si bien joué la partie... Mais je suis une bonne joueuse aussi, alors continuons.

— Chéri, dis-je à Pierre-Marie en me tournant vers lui. Qui t'a dit que ta mère était en danger et que tu devais venir à Noël cette année ?

Pierre-Marie me regarde, effaré, terrassé par l'horreur.

— Xavier, bafouille-t-il.

La voilà, enfin, la question que j'avais sur le bout de la langue depuis le début. Je me suis focalisée sur la raison pour laquelle il m'avait traînée, contre mon gré, dans cette galère, sans penser à demander qui l'avait convaincu de venir...

— La seule erreur que tu as faite, Xavier, c'est que tu es au centre de la toile. Qui a besoin d'argent ? Xavier, Rose-Marie, Louise-Marie. Qui a à sa disposition du Gardénal ? Xavier et Rose-Marie. Qui a convaincu Pierre-Marie de venir ? Xavier. Qui m'a convaincue de rester après la gifle en me parlant des menaces pesant sur Yvonne ? Xavier. Qui a vu Yvonne pousser Gabin dans l'escalier ? Xavier. Qui a parlé le premier des violences conjugales ? Xavier. Qui a fourni le poison ? Xavier. Qui a parlé le premier du double meurtre croisé ? Xavier. Tu es au centre de la toile, mon ami, et ça me fait beaucoup de peine...

C'est vrai. C'est un crève-cœur que de voir cet homme, si bon, basculer dans le crime pour de l'argent...

— Comment oses-tu accuser mon mari ? hurle soudain Rose-Marie.

Elle se lève, menaçante, le poing brandi. Le Major Julietta Margoly avance d'un pas, la main tendue devant elle.

— Rasseyez-vous, Madame, intime-t-elle.

Xavier pose une main pacificatrice sur le bras de son épouse, qui se rassied à ses côtés. Ils se donnent la main et se serrent l'un contre l'autre, soudés dans l'adversité.

— C'est ça qui t'a perdu, Xavier. Tu aimes ta femme au point de tuer pour elle. Rose-Marie était le vilain petit canard de la famille, quand je n'étais pas là. Femme moderne, travaillant, elle ne respectait pas les codes de sa famille, mais vivait à proximité, donc devait la subir... Plutôt que de demander de l'argent à ses parents et leur prouver qu'ils avaient raison, elle a préféré se voir ruinée... Mais c'était plus difficile pour toi, Xavier, c'était ton entreprise qui coulait, celle que tu as bâtie depuis des années, Rose-Marie n'en est devenue la patronne que parce qu'elle t'a épousé... « Après une artiste, un pharmacien passait mieux ! », voilà ce que m'a dit Rose-Marie au sujet de votre mariage. C'était loin de signifier que tu avais été reçu à bras ouverts... Non, tu étais toi aussi une « pièce rapportée », à peine plus présentable que moi... Par conséquent, à choisir entre ces gens méprisants et ton entreprise, ainsi que le bonheur de ta femme, tu n'as pas hésité. Tu as incité Yvonne à régler le problème de Gabin en lui fournissant le poison et, concernant Gabin, je suis plus réservée. Cet homme était un imbécile, méchant et sournois, mais a-t-il empoisonné le punch qu'il a servi à sa belle-mère ? Je ne le crois pas. Il fallait être plus intelligent, plus subtil, parce que le punch n'était pas réservé à Yvonne. Comment as-tu fait avaler le Gardénal à ta belle-mère, je ne sais pas. Était-ce dans le verre d'Yvonne ou, peut-être, avant l'apéritif, puisque Yvonne a fait une remarque à Gabin pendant l'apéritif. Elle devait déjà se sentir mal... Ce qui explique aussi pourquoi tu n'as pas remarqué les signes d'empoisonnement médicamenteux qu'Yvonne montrait. Tu l'as juste laissé mourir...

Je suis sur le point de quitter la pièce et je me ravise. Je n'ai pas fini de vider mon sac.

— Vous savez ce qui me différencie de vous tous ? Ce n'est pas que je suis une artiste ou ce que vous voulez d'autre. C'est que j'ai une morale. Vous me dégoûtez ! Tous ! Il fallait vous voir le jour de Noël, tous à parler d'argent, à vous réjouir de vos héritages, de vos assurances-vie ! Pas un mot de compassion pour les défunts... Vous êtes aussi laids qu'eux et vous ne vous en rendez même pas compte... Pierre-Marie, tu m'as accusée de vouloir te faire choisir entre ta famille et moi. C'était faux quand tu l'as dit, mais c'est vrai aujourd'hui. Plus jamais je ne reviendrai ici. À toi de choisir...

Je tourne les talons. Pierre-Marie regarde le mur en face de lui. C'est comme ça ? Je n'aurais même pas droit à un regard ? Très bien.

Xavier n'a pas bronché et je pense que c'est sa

meilleure défense. Il n'y a que des indices contre lui, pas de preuves en bonne et due forme... La gendarme signifie sa mise en garde à vue à Xavier et lui passe les menottes, sous les hurlements de Rose-Marie, retenue par sa sœur. Pierre-Marie reste assis sur le canapé, granitique.

Je m'approche des enfants qui se réveillent. Je suis accroupie près d'eux quand j'entends :

— Salope !

Rose-Marie se jette sur moi. Je savais que quelque chose comme ça se passerait. Je m'empare de ma pelle et frappe avec le manche au niveau des genoux. Elle s'écroule en braillant de plus belle. Je me relève, la pelle entre les mains. Le major arrive en courant et entrave ma belle-sœur avec sa seconde paire de menottes. Puis, elle se place à côté de moi, en alerte :

— Les autres sont de mèche ou quoi ?

J'observe Louise-Marie, pâle comme la mort, les deux mains collées sur le visage et Pierre-Marie, derrière elle, pétrifié, horrifié, comprenant enfin.

— Je ne crois pas...

Le major s'empare de son téléphone et demande à son chauffeur de rappliquer, en appelant des renforts. Xavier, les mains attachées dans le dos, se rue dans notre direction, mais c'est Rose-Marie qui le préoccupe. Il s'agenouille à ses côtés. Elle se blottit contre lui. Cet ultime contact est beau et triste à la fois. Ils s'aiment à n'en pas douter, mais à quel point ? Au point de s'allier pour tuer ? Au point de tuer pour l'autre, en le laissant dans l'ignorance ? Je ne sais pas si Xavier a tué avec ou sans Rose-Marie. En revanche, le plan était presque parfait... Le double meurtre croisé... Terrifiant.

Les enfants hurlent derrière moi. La situation

semble à peu près sous contrôle, je lâche ma pelle et je m'occupe d'eux. Je les serre tous les deux contre moi et je les sors de cette horrible pièce.

Oui, l'adrénaline a du bon. Elle vous empêche peut-être de dormir, mais elle vous permet de sortir deux gamins d'une famille infernale.

† ☠ †

*L*e calme est revenu. Les gendarmes ont embarqué les deux époux et j'entends les lamentations de Louise-Marie, pendant que je boucle la dernière valise.

Pierre-Marie s'encadre dans la porte du cagibi-palace, il a ma pelle à la main... Je le scrute, il me fixe.

— Tu as oublié ça, dit-il en jetant la pelle sur le lit.

— Les gendarmes ne veulent pas la garder ? m'interrogé-je.

Il hausse les épaules.

— Au pire, on leur renverra...

Connaissant mon mari, je n'obtiendrai pas mieux de lui. Il nous a choisis. Il m'a choisie.

Il s'avance et me serre dans les bras... Ah si, il y a mieux !

† ☠ †

La guérilla sournoise selon Chloé[117]

Règle n°1 : déstabiliser l'adversaire.

Règle n°2 : manipuler l'adversaire.

Règle n°3 : annihiler l'adversaire.

Règle n°4 : avoir une bonne pelle en cas de besoin.

Règle n°5 : éclater les cons à coups de poings. Éviter d'utiliser la pelle précitée.

Règle n°6 : planquer les couteaux et les haches...

Règle n°7 : ne jamais partir sans le numéro de téléphone d'un bon exorciste, ça peut servir dans la maison de l'horreur !

Règle n°8 rectificative de la règle n°5 : toujours frapper les cons à coups de pelle !

---

[117] Mise à jour n°5 du tableau en fonction des événements... Finalement, je vais m'en tenir à la règle n°8.

Quand il n'y en a plus, il y en a encore !

Un an plus tard

Nous fêtons Noël chez mes parents ! Victoire ! Pierre-Marie n'a pas discuté cette année, il n'a pas tenté d'argumenter, de résister ou de filouter de quelque manière que ce soit. Mes parents sont ravis, les enfants aussi. Il faut dire que, depuis qu'ils ont compris que mamie Yvonne n'était plus là pour leur faire des gâteaux et des biscuits, fêter Noël chez les Martin du Desclin a perdu beaucoup de son intérêt ! De toute façon, il ne reste guère que Louise-Marie désormais et je ne m'entends pas avec Madame Parfaite...

Ce qu'il s'est passé depuis un an ? Oui, c'est vrai que vous n'êtes pas au courant... Où en étais-je ? Ah oui, le Major Julietta Margoly venait d'arrêter Xavier et Rose-Marie ! Faute d'éléments contre Rose-Marie, elle a vite été relâchée. Rien ne la relie au double meurtre - pas croisé du tout -, si elle y a participé, c'est du grand art ! Quant à Xavier, il n'y a pas grand-chose contre lui non plus. Des suspicions beaucoup, mais des preuves aucune... Du coup, le Major Margoly a creusé, encore et encore, suivant, entre autres, la piste du Gardénal. Il s'est avéré que Gabin n'a jamais eu aucune ordonnance pour ce médicament - ni pour le Lexomil qu'il s'envoyait pourtant par poignées mais, comme Yvonne n'a pas été empoisonnée avec du Lexomil, Julietta ne s'est pas intéressée à cette piste -. Bref, elle a découvert qu'il y avait une différence entre le stock physique et le stock théorique de l'une des pharmacies de Xavier et Rose-Marie. Leur avocat affirme que c'est habituel et que les renouvellements d'ordonnances sont, notamment, des sources d'erreurs dans les stocks... Seulement, entre le fait que Xavier a fourni la ciguë, qu'il est le seul témoin de la chute de Gabin, qu'il a ignoré les signes cliniques d'empoisonnement d'Yvonne et qu'il est rongé par la culpabilité, le juge d'instruction a décidé de les renvoyer devant la Cour d'assises pour complicité d'assassinat par fourniture de moyens... En gros, il a fourni la ciguë et ne pouvait ignorer que cela allait servir à un meurtre. La difficulté est que rien n'est démontré... Son avocat clame haut et fort que la ciguë devait servir pour des rats, ce qui n'est pas illégal... Concernant l'empoisonnement d'Yvonne, le dossier est encore plus vide que le précédent...

À bien y réfléchir, c'était quand même finement joué... Vous tuez une personne et, en même temps, vous en tuez une deuxième connue pour haïr la première. Conclusion : les deux se sont entre-tués, fin de l'histoire. Sauf quand vous avez un pitbull du même genre que le Major Margoly aux fesses ! Elle fouille, elle cherche et trouvera peut-être, mais rien n'est moins sûr. À ce jour, l'instruction est toujours en cours et, d'après son avocat, Xavier a autant de risques d'être condamné que de chances d'être acquitté.

† ☠ †

Noël ! Avec des cadeaux, des biscuits, des décorations, un beau sapin, des gens gentils et courtois, mon chien Patouffe[118] et sans coups de pelle ! Magnifique ! Mon père a même décidé de se déguiser en Père Noël pour faire plaisir aux enfants ! La perfection ! Philippe et Clotilde ont presque oublié les mésaventures de l'année dernière et quand ils voient surgir le gros bonhomme rouge dans le salon, ils l'accueillent avec un large sourire !

C'est beau ! C'est émouvant ! C'est Noël !

Philippe se jette en avant pour étreindre la jambe gauche du gentil Père Noël, qui sent bon le chocolat et le pain d'épices[119], et, se tournant vers moi, s'exclame :

— Il est vraiment magique le père Noël ! L'année dernière, j'ai vu tonton le pousser dans l'escalier et, aujourd'hui, il revient !

Oh ! Mon ! Dieu !

FIN[120]

---

[118] Un brave toutou de la SPA, sympa comme tout ! Pierre-Marie feint l'indifférence mais, quand personne ne regarde, il lui donne des bouts de madeleines... Les hommes...

[119] Je ne vous dis pas la galère pour trouver les arômes ! Encore merci les institutrices !

[120] PS : Pour ceux qui se demandent : oui, j'ai gardé la pelle !

PSS : Au fait, je ne vous ai pas parlé du plan B ! Oui, après le plan A : Silence et observation, j'ai un plan B... Tant pis, ce sera pour une prochaine histoire ! Prenez soin de vous et passez de belles fêtes !

Table des matières

Chères lectrices, chers lecteurs,
Si vous avez aimé l'histoire de Chloé, je vous invite à
laisser un commentaire (gentil de préférence ☺) sur
Amazon, Babelio et tout autre endroit du net où
d'autres lecteurs pourraient découvrir mon travail !
D'avance un grand merci !

À très bientôt pour de nouvelles aventures !

Delphine

Si vous voulez suivre mon actualité :

http://www.delphinemontariol.com/
https://www.facebook.com/delphinemontariol.auteur/
https://www.instagram.com/delphinemontariol.auteur/

9 782956 582397